新潮文庫

地図のない道

須賀敦子著

新潮社版

6932

目次

地図のない道

地図のない道

その一　ゲットの広場

一

　昨年の夏、イタリアの友人から『一九四三年、十月十六日』という、まるで歴史書のような題の本を贈られた。著者は、するどい現代文芸の評論を多く残して六七年に逝《い》ったジャコモ・デベネデッティ。私がこの批評家の書いたものに心酔しているのを知っている友人が本屋で見つけて郵送してくれたにちがいない。そんな彼の心づかいはうれしかったが、仕事にかまけてつい最近まで机のうえに置いたままになっていた。なじみのない表題の日付が無味乾燥に思われて、かくべつ読みたいという気がおきなかったのが、本音だったかもしれない。

ところが、ある偶然のできごとから、私はそれを読むことになった。少々、なぞ解きめいてしまうが、《できごと》は、この本の装幀《そうてい》が、私が翻訳することを約束したアントニオ・タブッキの短篇集とそっくりだということから始まった。ではいったい、どういう具合にそっくりなのか。まず、どちらもシチリアの文芸出版社セレリオから出ている、おなじシリーズの本だ。そして、手のひらに乗るほどの大きさといい、ほんの一〇〇ページという薄さといい、さらにブルーブラックというカヴァーの色までおなじなのである。それらのことが、私の生来のそそっかしさに合わさって、奇妙な混乱のもとになった。

二月のある日、私はタブッキの本の翻訳について打ち合せをするために家を出ようとしていた。すると、前の晩に、たしかバッグに入れたはずのその本が、玄関さきの小さな棚にちょこんと乗っているではないか。おかしいな、こんなところに、と思って、(自分の思い違いを恥じながら)その本をバッグに入れた。それがタブッキの本ではなくて、デベネデッティの『一九四三年……』だという、とんでもない間違いに気づいたのは、その日、編集者に会って、バッグから本を取り出した瞬間だった。手のなかの本を見て、私は愕然《がくぜん》とした。さいわいタブッキの本もちゃんとバッグに入っていたので、相手にめいわくをかけないで済んだけれど。

こうなったら、許可なく私のバッグにもぐりこんできた本のほうから、読んでほしいと声をかけられたようなものだ、そう私は解釈して、その夜、それをもってベッドにはいった。

思い違いや考えが足りなかった話ばかりになるが、ぱらぱらとページを繰っただけで、もらったときにちゃんとこの本をひらいてみれば、内容に大体の察しはついたはずだということがわかった。『ローマの女』などで知られた小説家のアルベルト・モラヴィアが前書きを、九一年に死んだ作家のナタリア・ギンズブルグが後書きを寄せていて、それを一九四三年という年につなげればいい。著者のデベネデッティも、モラヴィアもギンズブルグもユダヤ人であることを公言していたし、一九四三年はローマがナチの軍隊に占領された忘れられない年だからである。

この本は、評論家のデベネデッティにしてはめずらしい、ローマのゲットからユダヤ人がナチに連行された事件について書かれた記録ふうの作品だ。悲劇の起った日が一九四三年の十月十六日だった。そこで私はようやく気づいた。かねて私がローマやヴェネツィアのゲットに興味をもっていて、それに関する書物をあつめているのを、この本を送ってくれた友人は知っていて、これを送ってくれたに違いなかった。

『ロビンソン・クルーソー』の作者ダニエル・デフォーがロンドンのペストを一人称の記録体で書いた『疫病《えきびよう》の年の日誌』は、地味だが、味のある本で、いちど読んだら忘れられない。ながいこと絶版になっていたデベネデッティの小さな本は、文章の真骨頂とされるこのデフォーの作品に肩をならべるものとして、高い評価をうけているというのだが、どういうものか私はこの本が存在することも知らなかった。

ローマ・ゲットのまずしい住民たちが、ある朝、ふいに降って湧《わ》いたようなドイツ兵の群れに名を読みあげられ、わずかな日用品を持つことを許されただけでトラックに乗せられ、窓もない貨物列車に積みこまれて、ナチの収容所に連行されたあの悲しい出来事の経緯を、数人の証人からの聞き書きのかたちでデベネデッティはたんたんと述べている。デフォーの『疫病』がロンドンの住民すべてを、いわば「差別なく」襲った悲劇の記録であったのに対して、ここでは、権力を手にしたひとにぎりの人間が、おなじ人間仲間を死に追い詰めていく状況が、切りつめた、格調の高い文体で記されている。文章がとぎすまされているだけ、悲劇の大きさが客体化され、状況の救いのなさに胸がふさがる。究極的にいって、デベネデッティの文章のすばらしさは、この迫害の記録が、政治批判のレベルや個人的な創作の基準をこえて、まずしいローマのユダヤ人をおそった悪夢のような不幸を悼《いた》む、無名の人びとの悲しみの合唱となっている事実にあって、そのことが読むものに深い余韻を残す。もしかするとこれはデフォーの『日誌』に比べるよりも、旧約聖書のページに比べられてよい文章かもしれない。

書かれた当初からJ・P・サルトルの目にとまるなど高い評価を受けていたにもかかわらず、デベネデッティは終生、この本を自作と認めたがらなかったという。同胞にふりかかった悲劇を伝える文章のために賞讃《しょうさん》を享受《きょうじゅ》することが、繊細な神経の持主だった彼には耐えられなかったのだろう。

一九九一年の冬から春にかけての三ヵ月、私はローマに滞在した。あるとき、フィレンツェから友人のLが会いにきてくれたのをさいわい、もうひとりローマにいる友人をさそっていっしょに食事をしようということになった。せっかく三人そろったのだからというわけで、私たちはゲットのレストランに行くことにした。当時、私の住んでいたのはトラステヴェレ地区だったが、地図を見ると大学に行くときに乗るバスが家から近いテヴェレ川の橋を渡ったあたりがゲットと記されていて、かねがねいちど中を歩いてみたいと思っていたうえ、ちょうどそのころから、ローマの若者たちのあいだで、ゲットにユダヤ料理を食べに行くのが流行になりつつあったからでもある。

ユダヤ人がゲットと呼ばれる高い塀でかこまれた地区にとじこめられるようになったのは、だいたい十五、六世紀のことだという。しかし、ローマのユダヤ人、とくにまずしい階層のユダヤ人についていうと、彼らはそれ以前からも一定の地区にかたまって住んでいた。いや、ユダヤ人だけではない。私の調べたかぎりでは、すでに紀元前のころから中東の難民たちが、現在はローマの庶民的な街として観光客をあつめている、トラステヴェレ地区に住みついたもようだ。当時、そこは湿地帯のような不毛の土地で、衛生環境が極端にわるく、ローマ人は住もうとしなかったからである。ユダヤ人は、したがって、トラステヴェレに住みついた難民のなかの一団にすぎなかった。

ところが中世になって、ある年、その地区が大洪水にみまわれたあと、団結力のあったユダヤ人だけが、テヴェレ川を渡って現在の地区に移った。そして、そのあたりがユダヤ人の強制居住地区に指定され、ゲットと呼ばれるようになったのは、ずっとあとの十六世紀のころである。それを決めたのは、被害妄想がつよいというのか、もともとあまりにも「きっちりした」ことが好きな性格だったのか、宗教裁判や焚書《ふんしょ》などで悪名のたかいパオロ四世というナポリ人の教皇だった。（どういうものか、私が出会った資料のどれにも、この教皇には《ナポリ人の》という形容がついていて、私の愛するナポリからこういう人物が出たことは、なんとも口惜しい）

この教皇がこの地区を壁で囲み、ちょうど江戸の遊廓《ゆうかく》のように門をもうけて、ユダヤ人の出入りをキリスト教徒に監視させることにした。夜は出かけられない、昼間も門を出るときには、黄色い服を着なければならない、さらに時代によっては、胸に刺繡《ししゅう》でしるしをつけさせられたという。このばかげた法律は十九世紀のはじめに廃止になり、塀は撤去されたのだが、自由になったところで引越しのあてのない、貧しい、あるいは宗教の戒律に忠実なため会堂の近くに住もうとするユダヤ人は、そのあともそこに残った。それが現在のゲットなのである。

貧しさと戒律の厳しさが原因で、この地区は経済的な発展から完全にとりのこされた。そのためゲットはいまでも家は古いまま、道も細いままで、いわば中世の街の面影が他の地区にくらべてより多く残っている。そのうえ、ここにはローマのユダヤ人のあいだに伝わった伝統的な食事が安く食べられるレストランもある。加えて、二、三十年まえまではキリスト教徒たちがなんとなく肌で感じていた《異教には近寄るな》という習慣が、ここ十年ほどのあいだに、セミが殻を脱ぐように捨てられてしまった。ゲットのレストランに若者があつまるようになったのには、こんな経緯がある。

私がゲットに惹《ひ》かれるようになったのには他にも理由があった。その年、ローマで暮らしてみて、むかし学生時代には考えもおよばなかったこの都市の別の顔が私を深く惹きつけるようになっていたのだ。若かった私をあんなに魅惑した、そして、ローマをかがやかしい永遠の都と呼ばせることに成功した、いわば勝ち組の皇帝や教皇たちの歴史よりは、この街を影の部分で支えてきた、ローマの庶民といわれる負け組の人たち、とくに、いわれのない迫害をじっと耐えながら暗いゲットに生きてきたユダヤ人の歴史が、ひっそりと私に呼びかけているのに気づいたからかもしれない。

アンネ・フランクの日記というのを私は読んだことがない。本にめぐりあわなかったこともあるが、彼女のそれに似た話は、親しい友人たちから自分の周囲におこったこととして耳にすることがめずらしくなかったからでもあるだろう。

私が夫と五年暮らしたミラノのアパートメントに、家主さんで友人のジャチントがはじめて案内してくれたとき、廊下の突き当りにある2メートル×2メートルほどの小部屋のことを、彼はほんとうになんでもないふうに、こう説明してくれた。この部屋だけど、もともとは物置だったのを、戦争中、両親がユダヤ人の一家をかくまってた。夫婦とぼくたちぐらいの男の子がひとり。いま考えると、ずいぶんせまいんだなあ。

電力会社のごく平凡なエンジニアだったジャチントは私とほぼおなじくらいの年齢で、小柄な彼にくらべて背の高い妹さんとのふたりきょうだいだった。

長いコードの先にたよりなく揺れている裸電球に照らされたその小部屋は、とても人が住める雰囲気ではなかった。高いところに窓がひとつあったが、それもキッチンに向ってひらいているだけだったから、外が見えるわけでもなく、かろうじて、中の空気を入れかえるのに、ないよりはまし、といったものだった。ジャチントは照れたように笑ってから、まるで申し訳につけたようなその窓をゆびさして、こういった。窓がないなんてあんまり気の毒だって、父があれを自分で開けたんだ。これなら、キッチンから見えるだけで、家のそとからはだれにもわからない。

窓を開けるため煉瓦《れんが》の壁をこわす音が上の階の人たちに聞こえなかったのだろうか。夫がいない昼間、天井の高いキッチンでアイロンをかけたり、夕食の支度をしたりしながら、その窓を見上げると、背に寒いものが走った。ゲットも戦時のユダヤ人の話も、私にとって遠い出来事ではなかった。

私が友人たちとゲットに出かけたのは、三月八日だった。日付けをきっちりと覚えているのは、その日がイタリアでは数年まえから《女性の日》と呼ばれて、朝はやくから街がお祭り気分にはなやぐからである。春いちばんに咲く黄色い泡のようなミモザの花がその日のシンボルになっていて、いったいどこのだれが勧進元なのか、早春の花をいっぱいに盛った籠《かご》を手にした少女たちが街角に立って、通行人のだれかれの胸に、ちょっとごめんなさい、といって花の枝をさしてくれるのがいかにも季節めいていて、気分を浮きたたせる。

残念なことにその日はお天気が変って、午後から降り出した細かい雨に空気がしっとりと湿気をふくんでいた。私たちはゲットの石畳の道を、あちこちにある水たまりや、清掃局のストライキで道端に放置されたゴミの山をよけながら歩いた。道が狭いうえに、でこぼこの石畳だから足もとがおぼつかない。傘をさすと、それが邪魔になって、三人が並んで歩けない。とうとう私たちは傘をたたんで、濡れていくことにした。

いくら女性のお祭りだって、満員のはずはないだろう、とゲットの評判を過小評価していた私たちは、まもなく、席を予約していなかったことを後悔した。めぼしい店はどこも客があふれていて、たちまち何軒かで門前ばらいを喰わされたからだ。しかたなく裏通りの店を探すことにして、ネオンもなにもない暗い道をただあてずっぽうに歩きはじめた。

もうすこしでゲットがおしまいという小さな広場に出たとき、それに面した城門のすぐわきに、こぢんまりとした店が二軒ならんでいるのが目にとまった。どちらにしようかとちょっと迷ってから、私たちは、ネオンのない、より庶民的と見えるほうをえらんで中に入った。出てきた中年の給仕が、三人なら席がありますという。

案内されたのは席といっても片隅の通路のようなところに臨時にしつらえたらしい小さなテーブルだったが、さんざ歩いたあとでもあり、夕食にありつけるだけでもありがたくて、ふだんはそういったことを気にするＬもすんなりと席についた。

せっかくここまで来たのだからと、私たちはまずメニュでゲット名物らしいものを物色し、さらにそれと周囲のテーブルの人たちが食べている料理とを比較してから、よく確かめたうえで註文《ちゆうもん》した。まず、《カルチョフォ・アラ・ジュディア》をもらおう。

大男のこぶしほどもあるチョウセンアザミの、ユダヤふう。カルチョフォは英語ではアーティチョーク、アザミ科の花のつぼみで、ふつうは茹《ゆ》でて、やわらかい芯《しん》にあたる部分だけを酢とオリーヴ油のソースにつけて食べたり、みじん切りにしたニンニクとパセリを中につめてバターで蒸し煮したりするのだが、ジュディアふうというのは、つぼみの部分をぐいと押し開いたのを、そのまま揚げたものだ。これといっしょに頼んだのは、《バッカラ・フリット》だった。これは干鱈《ほしだら》のフリッターだが、ゲットのものは、タラの白い身がふっくらしていて、まるでお菓子のようにおいしい。同伴の友人たちによると、他にめぼしい食物はないというので、私たちは、この二品だけを山のように註文した。要するに、街並ばかりでなく、料理まで がここではまだ中世ふうで洗練以前というわけである。わざわざ、ユダヤふう、としゃれる必要もなさそうだ。

私たちの横のテーブルは、どこかの商店にでもつとめている同僚どうしなのだろうか、二十人ほどの客が、なんと女ばかりなのである。女性の日だからこういうことになったのか、それともユダヤ人の戒律で未婚のうちは男女同席が禁じられてでもいるのか、とにかくふつうイタリアのレストランでは見かけない風景だから私は目をむいた。さらに驚いたことに彼女たちはワインをとらないで、プラスティックのコカコーラの二リットル壜《びん》を何本かテーブルにどかんと据えて、それを飲んでいる。どういうことなのだろう。

もうひとつの奥のほうのテーブルは、これも二十人ちかい大人数の客が占領しているのだけれど、こちらはクラス会といった雰囲気の若いカップルばかりだった。男女ともに、いかにも親しげなのが印象にのこる。なかにはバスケットに入れた赤ん坊や、よちよち歩きの子を連れたカップルもいる。ところが、おとなの話に熱がはいりはじめると、この機会を逃すものかとばかりに、子供たちがいっせいに椅子《いす》からすべりおりて、あたりを歩きまわり、駆けだし、はては給仕にぶつかって泣いたり、厨房《ちゅうぼう》にとびこんではだっこして連れ戻されたり、たいへんな騒ぎになった。彼らがユダヤ人という保証はどこにもないのだが、それにしてもこの賑《にぎ》やかさは、他の西洋の国のレストランではめったに見られないことだけはたしかだ。

自分の声も聞きとれないほどのざわめきのなかで、元気そうなちぢれ髪の娘たちや若い家族や子供たちを見ているうちに、その情景がずっとまえに読んだエルサ・モランテの『歴史』という小説に出てくるある場面と二重うつしになった。ナチのよっぱらい兵士に犯されて男の子を生んだ女教師が、食料を求めてローマ駅の裏を歩いていて、ふと見てしまった光景。それは家畜のように追いたてられ、列車に乗せられて行ったユダヤ人たちの群れだった。あの悲劇の主人公たちも、かつてはこの若者たちとおなじように満ち足りた愉《たの》しい時間を、人生のどこかで持ったのだったろうか。そう考えると、いくつかのせまい部屋にわかれたこのレストランの白い壁を爪《つめ》で掘ってでも、あの日、ここで起ったことどもを、尋ねたかった。人間の歴史が生んだ、そして私たちがなんらかのかたちで自分のなかに抱えつづけている、無数の《パオロ四世》や《ヒットラー》たちのことを、ゲットの白い壁はだれよりもよく知っているはずだった。

二

三十年とちょっとまえのことである。暗礁《あんしょう》に乗り上げた船のように自分の進む方向がわからなくなって、留学先のローマで途方にくれていたとき、友人から伝え聞いたのが、何人かの仲間が集まって本屋をやっているという、当時の私には、島だ！　と思えるほどかがやかしく思えたミラノのコルシア書店についてだった。とるものもとりあえずという感じで二年いたローマをひきあげ、その書店についてもっと知りたい、できれば仲間に入れてもらおうと、あの北の都会の住人になったのは一九六〇年の初夏だった。

月曜から土曜日まで、私はみなが《事務所》と呼んでいた物置のような、そしてじっさい物置にも使われていた、書店の奥の小部屋に出かけていって、翻訳をしたり、新刊書に目を通したり、書店が出している月報の封筒の上書きを手伝ったりした。本と書店の仲間たち、そして書店に集まってくる友人たちが、私のいわば学校だった。

最初はだれがだれだか見わけもつかなかった友人たちとも、すこしずつ話ができるようになって、なかには夕方、仕事のあと店にやって来ると、いるかい？ といって、窓のない《事務所》まで私を探しにくる友人もできはじめた。建築家です、と自己紹介をしたマッテオ・レーヴィは、そんな中のひとりで、仕事柄、自由になる時間があったのか、いや、たぶん仕事がなかったのだろう、よく私のところに寄っていった。イタリア語を話すめずらしい日本人として見られるのが、動物園の珍獣になったようで息ぐるしいことが多かった日々に、ユダヤ人のマッテオは爽《さわ》やかな友だちだった。自分たちが目標にする生き方や本の読み方について、ミラノのあたらしい建築について、男女間のレトリックを抜きにして議論できるのが、うれしかった。

どちらかというと大柄な人が多い北イタリアの人たちのなかで、マッテオはちょっと目だつほど華奢《きゃしゃ》な体格なのに、ドアのノブをつかんだり、さよなら、というとき胸のまえでちょっとひろげてみせる手だけが、まるで他人のもののように大きくて骨太だった。ふだんは静かで、遠慮がちにさえみえるのが、ひとつの話題に夢中になると、口角泡をとばしてしゃべりまくるのも、マッテオの特徴で、そんな彼を友人のなかにはあまりよくいわない人がいるのが、だんだん私にもわかるようになった。

あいつはしつっこい、というのが彼を敬遠する人たちの意見らしかった。いま考えると、マッテオがユダヤ人だったのを、《敬遠》と婉曲《えんきょく》に表現していたのかもしれないのだが、マッテオがいったん話しはじめると止まらない、と彼らがこぼすのにも一理ないではなかった。

私と話すときはあんなに穏やかなマッテオが、とくに話を論理的にちゃんと筋道をたてなければならないと意識すると、めちゃめちゃになった。そればかりか、関係代名詞やら接続詞を総動員して、センテンスをよくもまあ、とあきれるほどつぎつぎにつなげていくので、いつになっても話が終らない。マッテオが教会の問題やら、社会情勢について意見を述べはじめると、書店にくる女の人たちは、きゅうにほかの買物を思いついたり、まだ洗濯ものを整理してなかったのを思い出したりした。

　十一月にはじまる冬のシーズンだけコルシア書店が主催して月に二度、大通りの貸し会場で午後九時から定期的にひらいた社会問題や宗教がテーマの講演会でも、マッテオが質問のために立ち上がったら、要注意だった。質問が延々として終らないものだから、まるでマッテオの講演会みたいになってしまって、くたびれた聴衆や講師が気をわるくすることもあった。それを避けるために、今夜はマッテオが来るとわかっているときは、仲間が前もって戦略を練った。マッテオがちょっと息をついだひまに、だれかがさっと手をあげ、彼の質問の要旨をてっとりばやくまとめたうえで、こんなふうに結ぶ。マッテオ君がいいたかったのは、たぶん、こういうことじゃなかったかと思います。ねえ、そうだろう？　そんなとき、マッテオはちょっと残念そうな顔をしながら、首をたてに振るのだった。もともと、気は小さいほうなのだ。

　うまく自分の考えを表現しようとすればするほど、マッテオはあせって、プレシンデンド・ダ［それはさておき］とか、おなじような意味のア・プレシンデレ・ダという接続句を連発して、ありとあらゆるセンテンスにくっつけた。これで繋《つな》ぎさえすれば、いつまで話していてもいい。彼が勝手につくりあげたそんなルールでみなをけむに巻きながら、かれはひとりゲームに熱中する孤独なチェスのチャンピオンだった。だが、聞いているほうの身には、あ、いまのセンテンスはあれで繋がるはずがない、といったん気になりだすと、夜の十時とか十一時という時間のせいもあって、冷汗が出た。ふだんはおとなしくて論理的なマッテオが、どうしてあんなときだけ、周囲がわからなくなってしまうのかは、書店のみなにとって謎《なぞ》だった。

そのマッテオが婚約をしたのは、書店をきりもりしていたペッピーノと私が結婚して一年ほど経《た》ったころだった。相手は大学の建築科でいっしょだったルチッラで、茶色い髪のマッテオとちがって、うすいブロンドの長い髪をうしろで束ねた、面長で口数のすくない女性だった。ルチッラ、ちいさくきらめく光、という名にふさわしい青い目が深い知性にかがやいていて、小柄でものごしのやさしいところも、マッテオの好みにぴったりだった。彼女には、コルシア書店の政治的でどこか肩を張っているような雰囲気になじめない、というのか、なじみたくないようなところがあったが、それでいて、私たち夫婦には信頼をよせてくれた。マッテオとルチッラのどちらも、血統のうえではユダヤ人だったが、宗教ではキリスト教徒だった。

十五、六世紀のヨーロッパで異端審問をおそれてキリスト教徒に改宗したユダヤ人を、スペインやポルトガルのユダヤ人たちは軽蔑《けいべつ》をこめてマッラーノ「ブタ」と呼んだ。彼らは、しかし、表向きはキリスト教徒だが、こころではユダヤ教を信じていて、儀式にもそっとあずかったというから、いわばかくれキリシタンの裏返し、あるいはかくれユダヤ人といってよいだろう。でも、マッテオとルチッラのキリスト教には、知性に根ざした深さと悲しみのようなものが底に澱《よど》んでいて、その分だけ、彼らの中のユダヤ性が屈折していた。

やがてふたりは結婚したが、お金がないので新婚旅行はちょうどそのころミラノで開通したばかりの地下鉄に、都心のドゥオモ駅からサン・シーロの終点まで乗るんだといって、みなを笑わせた。笑われたふたりは、しかし、まったく本気で、書店のとなりのサン・カルロ教会で式をあげたあと、小さな花束を手に、めずらしくスーツなど着こんだルチッラと、慣れないネクタイを不器用にむすんだマッテオがしゃんと直立して、ではこれから行ってきます、と書店の入口のところで宣言すると、みなの胸がちょっとあつくなった。

一年経つか経たないかで長男のジャコモが生まれると、友人たちは《地下鉄べイビー》かい？　といってマッテオをからかった。ほとんどあいだを置かないで、次男のジョヴァンニが生まれた。ジャコモの洗礼のときは、夫のペッピーノが、ルチッラの妹と組みになって名付け親になり、次男のジョヴァンニの洗礼には、マッテオの弟のジャンニと私が名付け親をたのまれた。ふつう、家族や親類だけにたのむ名付け親にペッピーノや私を入れることにしたのは、たぶんマッテオとルチッラのやさしい心遣いだった。

ジョヴァンニの洗礼式が行われたのも両親が結婚式をあげたのと、おなじ教会だった。光沢のある白い絹サテンに綿を入れて封筒のようなかたちに仕立て、ブラーノのきれいなレースで飾った《赤ちゃん入れ》は、先祖がヴェネツィアのゲットにいたというルチッラのおばあさんが生まれたときお宮まいりに使ったという、見たこともないほどりっぱなものだった。その豪華な《赤ちゃん入れ》にくるまれた、生まれてたった二週間のジョヴァンニは、洗礼式のあいだ中、私の腕のなかでドジョウみたいにくねくねとちっちゃなからだをくねらせて、落したらどうしようと私は冷汗をかきどおしだった。おまけにちょっと油断すると、リネンの小さな帽子が顔にかぶさってしまったり、赤ん坊が《封筒》の奥にずるずるもぐりこんでしまったり、私のよこにいたマッテオのお母さんまで、こんなによく動く子は見たことがないといって笑った。

そのうえ純白の絹とレースのあいだから見えかくれする浅黒いジョヴァンニの顔は、みながおかしがるほど典型的なユダヤ人顔で、まるでイディッシュ文学に出てくる、冗談ずきの老人みたいなのが、かえって愛くるしかった。ルチッラもマッテオも、見たところは他のイタリア人とまったくかわらないのに、彼のところでユダヤの血が爆発したみたいで、家族の人たちも友人たちもそのことをよろこび、感動して笑った。おなじ血のこんな顔をした子供たちが、なにもいえないまま殺されていった歴史の重みが、私の腕のなかで泣いているような気がした。

洗礼式のあと、マッテオの両親の家でお祝いのパーティーがあった。マッテオのお父さんはつややかな白髪の紳士で、フィアットの機械エンジニアということだった。今日はありがとう、乾杯のあと、お父さんが私のところに来て挨拶《あいさつ》をした。私の髪はこんなに白くなってしまいましたが、まだまだ若いつもりです。いや、ほんとうに若いんです。

そういって彼がうちあけた年齢は、じっさい白髪にはそぐわないものだった。この髪は戦争の名残なんです。そういって、お父さんはこんな話をした。

戦争がいよいよ終りに近づいて、ナチのユダヤ人迫害がイタリアでも多くの被害者を生みはじめたので、マッテオの両親は三人の子供をつれて、スイスの国境に近い山の町ポンテ・ディ・レーニョにレーヴィ家がもっていた山小屋に避難した。だが、住民に知られた場所ではいつ密告されるかわからない。一家は、あちこちのつてを頼って、山から谷へ、村から村へ渡り歩き、ドイツ軍が来るという情報があるたびに、逃げた。

その晩、家族がやっとの思いでたどりついた山のなかの羊飼いの小屋で、おなかをすかせて喧嘩《けんか》ばかりする子供たちを寝かしつけ、両親が話しあっていると、入口のドアを叩《たた》く音がする。

窓からのぞいてみると、下の村の司祭でした。今晩、このあたりにナチの軍隊がユダヤ人を捜しに来るという情報がはいったと神父さんが告げにきてくれたんです。下の道にトラックを待たせてあるから、すぐ子供たちを起して逃げなさい。安全な隠れ場所を運転手に話してあるって。

私が真剣な顔でお父さんと立ち話をしているのを見て、それまで友人たちを接待していたマッテオがやってきて、話に加わった。

ぼくは八歳だったから、あの夜のことは、はっきり覚えてる。彼はいった。自分は村を出るわけにいかないからといって、神父さんは教会の青年団のメンバーに声をかけて、トラックと運転手を調達してくれたんだ。夜の山道を走りつづけて、ぼくたちは安全な場所でおろしてもらった。夜が明けておたがいの顔が見えるようになったとき、六つだったジャンニがパパを見て泣きだした。それでぼくたちは気がついたのさ。パパの髪が一晩のうちに真っ白になっていた。そういいながらマッテオは両手を自分のあたまにあてて、それをさっと頬にむかってすべらせた。

またお父さんが言葉をつづけた。

戦争が終ってから、あの神父さんにお礼がいいたくて、私たちは山小屋のあった村までたずねて行ったんです。そしたら、亡《な》くなっていた。あの夜、ドイツ軍に射殺されたというんです。私たちを逃がしたために。もういちど、髪が白くなるような気がしました。

長男のジャコモとユダヤ人の顔をした次男のジョヴァンニのつぎには、女の子が生まれた。マッテオはちゃんとした職が見つからないで、友人の論文を手伝ったり、先生に頼まれた図面をひいたり、どれもアルバイトのような仕事ばかりだったから、小さい子供をかかえて、ふたりは経済的にも苦しそうだった。書店の少ない給料でやりくりをしていた私たち夫婦とはどっこいどっこいで、それが連帯感を生んでいた。マッテオとルチッラはお金を節約するためだといって、三人目の赤ん坊が生まれるときには、ルチッラの陣痛がはじまるのを待ってマッテオが彼女を車でスイスまで連れて行った。スイスの公立病院のほうが、ミラノの私立病院よりずっと安いし、衛生的だというのが理由だった。いくらミラノから五十キロの国境の病院だといっても、車も持てなかった私たち夫婦には、ぜいたくにみえた。

せっぱつまったマッテオからSOSの電話がかかってくることがあった。タイプを打つのを手伝ってくれないか。ルチッラとふたりでぼくが英語から訳した論文の読みあわせをしてくれないだろうか。私は少々無理をしてもそのたびに出かけて行った。

読みあわせをしながらルチッラは、三番目の赤ん坊にお乳をのませた。たいへんねえ、というと、ううん、子供たちはお乳をやると大きくなってくれるけど、いちばんたいへんなのは四番目の子供よ。いつまでたっても、マッテオだけはおとなになってくれない、といって溜息《ためいき》をついた。

つぎつぎに生まれてくる弟や妹たちが長男のジャコモには、脅威だった。ある日、母親のルチッラと公園から帰ってきたとき、靴に泥がついているとマッテオが注意した。するとジャコモが顔をまっかにしておこった。パパなんか。そういって小さい彼は父親をにらんだ。パパなんか、泥たべて死んじゃえばいい。そしたらぼくは、ママと結婚してあげるんだ。私たちはジャコモをフロイトっ子といっておかしがった。

ジャコモはよく夢を見た。ちょうどそのころ、ビートルズがヨーコ・オノのことでもめたあげく解散するという事件があった。さっそくジャコモはその夢を見た。ヨーコ・オノがぼくのママになって、ジョン・レノンをおひざに抱っこしてた、ぼくはどうすればいいの。子供部屋の泣き声に走っていったルチッラのひざで、ジャコモはそういって泣きじゃくった。妹のキアラが生まれたときも、五歳だったジャコモは夢を見た。ぼくが公園に行ったら、どの子もみんなキアラだったの。赤ん坊ばっかりいて、ママがいなかったの。ぼくはひとりになってしまって、どうすればいいの。

ぼくはどうすればいいの、というのがジャコモのきまり文句になって、私たちは彼の将来を心配した。音楽が好きで、ビートルズだけでなくて、何時間もベートーヴェンのシンフォニーを聴いて、ルチッラやマッテオがもういいだろうといっても、やめなかった。音楽のほかには、なにも興味をもとうとしない時期がつづいた。子供が、モーツァルトでなくて、ベートーヴェンが好きというのも、私たちは気味がわるかった。

洗礼のとき私が抱いた次男のジョヴァンニは、音楽よりも言葉が好きだった。お兄ちゃんのジャコモが七歳になってやっとすこし落ち着いてきたころ、夏休みをイタリアで過すために、フランス人と結婚しているルチッラのお姉さんが、子供たちを連れてミラノに来た。パリ育ちのいとこたちがフランス語を話しているのを聞いて、ジョヴァンニは世界がひっくりかえるほど驚いた。あの子たちは、ぼくのわからないことをいってる。

フランス語だからよ。ちがう言葉なのよ、とルチッラが説明した。ママ、ぼくもフランス語わかるようになりたい。

ジョヴァンニがそういいつづけたので、彼が五歳になった夏、マッテオとルチッラはパリのお姉さんに、ジョヴァンニの面倒を夏休み見てほしいと電話をかけた。パリのオペラ座の舞台監督をしているお義兄《にい》さんも、こころよく引き受けてくれて、ぼくが飛行場まで迎えに行くから、ひとりで乗せなさい、といってきた。ジョヴァンニは伯父さんたちの一家とプロヴァンスでたのしい、《フランス語の》夏休みをすごした。

秋、学校がはじまる直前に、日焼けしてますます黒くなったジョヴァンニは、フランス語がぺらぺらになって、ミラノに帰ってきた。そのことをずっとあとになって、私はマッテオから聞いた。そのおなじ夏、夫のペッピーノが死んで、私は日本に半年ほど帰っていたからだ。

それから四年目に、とうとう私がミラノをひきあげて日本に帰ることになったとき、マッテオとルチッラが子供たちの写真をくれた。

むかし、たったひと晩で髪がまっ白になったお父さんが、マッテオたちを連れて隠れたポンテ・ディ・レーニョの山小屋のテラスで、長男のジャコモ、十歳、が木のベンチに腰かけて、変りものの犬が出てくるアメリカの漫画の本を読んでいる。その横本に気をとられていて写真を撮る人のことなんか気にもかけてない様子だ。その横で照れたように笑っているのは、フランス語だけでなく英語まで覚えてしまった次男で私が名付け親になったジョヴァンニ、八歳。彼はあいかわらず大きな鼻のユダヤ顔で、前歯がずらり抜けている。三番目のキアラはどうしたのか、ソバカスだらけの顔をくしゃくしゃにしてベソをかいている。この子だけが、ブロンドのルチッラに似た。

三

いま最後のツアーが出発したばかりです。また明日、来てください。

博物館の入口にしては、まるで病院の受付みたいな返事だった。こんどこそ、漫然とではなくて、しっかり見てこよう、と計画をたててヴェネツィアに着いた翌日にゲット見学のツアーがあることを知って、何度か船を乗りかえたすえにやっと来たそのツアーの切符売場で、私は呆然《ぼうぜん》とした。予定の時間にたった二分おくれただけなのに。それも船が桟橋に着くのを待って飛びだし、ここまで走って来たというのに。長く暮らしたイタリアでこんな目にあったのははじめてだった。
出発したって、あとを追っかけるわけにいかないんですか。そう訊《たず》ねると、だめです、中にひとりでは入れないんです、という。どうして、ゲット・ツアーが《中》なのかわからないが、とにかくその不親切さには腹が立った。ひらけゴマの気持で、旅行者で時間がないんです、といってみる。それでも返事は、だめです、の一点張り。不親切だねえ、あんた、そんなに見せたくないのなら、いいよ、帰るよと悪態をつきたいのを我慢して、街にもどった。

ヴェネツィアのゲットを私がはじめて訪れたのは、七年ほどまえのことで、まもなく四月というのに吐く息が白くみえる夜だった。友人のアドリアーナと大学で翌年彼女が企画しているシンポジウムのプログラムを練ったあと、マドンナ・デル・オルトという、この島のほぼ北端を横切って掘られた運河の界隈《かいわい》まで足をのばし、河岸の暗いレストランで食事をしてもまだ時間があった。めったにこのあたりに来ることはないからと、アドリアーナが提案した。ゲットに寄って行こう。こんなおそい時間に、とためらっている私の気持などあっさり無視して、実行派のアドリアーナはさっさと先を歩きはじめた。

手すりもなにもかも木でつくった粗末な橋を渡ると、狭い、天井の低い、暗い電灯にぼんやりと照らし出された、気味のわるい異界への通路を思わせるトンネルがあって、それを抜けたところがゲットの広場だった。

暗い芝居の書き割のような、六、七階はあるだろうか、ヴェネツィアにしては異様なほど背の高い、それでいて極端に間口のせまい建物がいくつか並んでいた。それぞれが互いに倚《よ》りかかり、支えあっているような家たち。それはかつてゲットにとじこめられていた住民たちが、自分たちに残されたすくない権利を守るために、手をとりあって生きてきた姿そのままのようにみえた。

まわりを運河で囲まれていたから、ゲットは横にひろがることができなかった、それでこんな桁《けた》はずれに背の高い建物ができたらしいのよ。アドリアーナが説明した。もっとも、ヴェネツィアは島だから、横に広がれないのは、私たちの家だっておんなじだけれど。

そろそろ夜半に近い時間だったせいか、周囲の家に人が住んでいるのが信じられないほどの静かさが、いびつな広場を厚い天幕のように覆《おお》っていた。書き割に似た家並のちょうどまん中あたり、一段と古さが目立つ建物の、ずっと高いところにある窓のひとつから黄色い電灯の光が洩《も》れていなかったら、自分たちが現在立っているのが、昼間はざわめく街の広場ではなくて、忘れ去られた砂漠の廃墟《はいきょ》だと思ってしまったかもしれない。

ながいこと、私にとってヴェネツィアのゲットの記憶はそれだけだった。暗いトンネルのむこうのいびつなかたちの広場。高い窓から洩れていた電灯の黄色い光。先に立って歩くアドリアーナの靴音。

それ以来、ヴェネツィアまで来る機会はほとんど二年おきにあったのに、ゲットを訪れる時間がなかった。こんど行ったら、かならずゲットに行こう。そう固く決心してヴェネツィアにやって来たのに、たった二分の差で私の計画は阻《はば》まれてしまった。

でも、もし、あの日、すんなりとゲットのツアーに参加できていたら、昨年の秋の私のヴェネツィア旅行はずいぶん単調に終ったかもしれなかった。私はなんと、四度、この見学ツアーに挑戦することになったのである。そして、今日はどこへ行きましたか、と夜、ホテルで会うと訊ねる連れの若い友人と顔をあわせるのがはずかしいほど、私は、六日間に三度、参加をことわられ、その三回ともがおなじパターンだった。水上バスの船着き場から息せききって走っていくと、受付にいる不親切の権化《ごんげ》みたいな人物が無表情にいう。今回のツアーはもう出てしまいました。つぎまで待ってください。それがたった一分か二分まえのことで、おまけに《つぎのツアー》に入れてもらうためには、一時間待たなければならなかった。一週間足らずの限られた時間にいくつかの仕事をこなそうと思っている旅行者にとって、一時間、無為につぎのツアーを待つのは、他のいくつかの仕事をあきらめることを意味する。

水上バスの会社と博物館が組んだ謀略かと思うほどだった。ぶらぶら歩いて五分強の距離にある船着き場に着くのは、かならずツアー出発の一分か二分まえだから、あられもないかっこうで駆けていくと、いま出ましたといわれる。つぎのグループを待つあいだ、ゲットで買物でもしなさいということなのか。ああ、こういうとき走りやすいように、わざわざぺったんこの靴をはいてきているのに。みっともないのも承知で、ばたばたと走ってくるのに。

やっとの思いで入口に駆けつけると、つめたい顔で、一分とか二分、遅かったといわれる。だが、それにしてもおかしいぞ。私は次第に疑心暗鬼になった。いま出発したばかりにしては、見学者の姿も見えないし、グループのざわめきも聞こえない。ほんとうは、そんな見学ツアーは存在しないのではないか。二度目にことわられたときは、そう疑いたくなった。私はアラブのテロリストだとでも思われているのだろうか。

もうひとつ、不可解なことがあった。二回、三回と空ぶりをする私に、まるでサカナのような冷淡さで、だめです、と宣言する切符売場の人間が、男だったり女だったりするのだけれど、まったくこちらを覚えていない様子なのである。東洋人がしげしげやって来る場所ではないはずなのに、どうして覚えていないのかしら。二回目にことわられたとき、私はむっとして反抗した。昨日も来たのに。

こんな状況のときに相手からまったく返事が戻ってこないと、まるで死刑囚房に入れられた政治犯のような気がする。見学ツアーに入れてくれないのは、たしかにこちらが遅刻したのだから、あきらめもしよう。でもせめて人間らしい反応がほしい。そう思うのだが、むこうはしんとした表情で、ていねいにいう。あと、一時間、待ってください。宗教的な善意にみちたほほえみだけが戻ってくる場合がたまにあるけれど。

最初にことわられたときは、すぐあきらめて街に戻ったが、二度目のときは、地図をもってゲットの中を歩いて見ることにした。

博物館のある広場から細い道を抜けたところに学校があった。ヴェネツィアの市立というのではなくて、ユダヤ人の名を冠した、あきらかにユダヤ人たちの学校らしい。幼稚園まであるのか、ガラスに色紙が貼《は》ってある。時間や曜日によっては、高校の生徒らしい男女がたむろしていたり、ボールを蹴《け》りあったりしていることもある。一見、その辺の高校生と変りなく思えるのに、やはりモーゼの律法というようなものが、学科にあるのだろうか。

ニューヨークの写真などでよく見る、厳格派の、僧侶《そうりょ》というのだろうか、耳のわきに捲《ま》き毛を垂らして、黒い帽子をかぶった聖職者らしい人物が、家のドアの段に片足をかけて、若い男と立ち話をしている。報告をしているような口ぶりなのは、どういう関係の人たちなのだろうか。

博物館の入口のすぐ前に、ヴェネツィアのどこの広場にもあるような、いまは使われていない井戸があって、その横に一本、菩提樹《ぼだいじゅ》らしい枝ぶりのわるい貧相な立木があった。だれかがそこに植えたというのではなくて、勝手に生えてしまったと思われるような木だ。広場には他にも何本か樹木があったが、十一月という季節のせいもあるだろう、大きさも生えている場所も不揃《ふぞろ》いで、痩《や》せてみえて、雇主があらわれるのを待っている若い男みたいにふらついている。

　本屋らしい店があったので、枠を赤いペンキで塗ったドアを押して入った。暖房のない店先では、神学生といった感じの、黒いセーターを着た若い男が、厚い祈禱《きとう》書《しょ》のようなものを読んでいて、顔もあげない。本棚に並んでいるのは、『ヴェネツィアのゲットの歴史』とか『さまよえるユダヤ人の話』とか、ほとんど全部がおなじ著者、どれもちょっとうさんくさい出版社から出ている本で、一冊、手にとってみると、古いゲットの文献を「やさしく」書きなおした、という種類のものだった。

　広場の反対側に「イスラエル人の休息の家」と書かれた、老人ホームらしい、りっぱな大理石のファサードのある入口が見えた。人影はないが、ゲットではただひとつといっていい、見るからに手入れのゆきとどいたその建物が、広場の一角をゆったりと占領している。どの窓もきっちりと閉まっていて、中の様子はわからないが、ナチによる殺戮《さつりく》の犠牲者を悼《いた》む浮き彫りが、壁にはめこまれていて、ゲットの記憶の苦さを通行人に語りかけていた。博物館の入口においてあったパンフレットには、アメリカのユダヤ人協会の援助で建てられたというようなことが書いてあった。

三度目に受付に行ったのは、金曜日で、二日後にはヴェネツィアを離れる予定だった。安息日である土曜日にはツアーがないかもしれないので、念のためと思って、時間を計って行った。朝、別のことを調べに出かけた都合で、島の北側の河岸から水上バスでぐるりとまわったのだったが、やはり恐れていたように、一分おそかったといわれて、入れてもらえなかった。北風のつよい、雨もよいの日で、桟橋で船を待つあいだに手も足も冷えきっていたうえに、連日の疲れもたまっていたから、《おなじみの》受付に立って、ツアーは一分まえに出ましたといわれたときは、不平をいう元気もなかった。それに、今度という今度はほんとうに時間がないのだ。ここで待たせてもらいます、と容赦なく風が吹き込んでくる玄関口の硬い木のベンチにすわりこんだ。

そのとき、はじめて受付の女の子が《別の》ことをやさしい声でいった。そこは寒いですから、二階に上がって、博物館を先に見てはどうですか。中のほうが暖かいです。

耳を疑うというのはこんなことかと思った。ツアーの参加券を買ったので、はじめて信用されたのだろうか。いったいどうなっているのだ。

すすめられた通り、二階に上がったが、ひろい大理石の階段を上がるともうそこが展示室で、むっとする暖房に気分がわるくなりそうだった。二室が博物館ぜんぶで、どちらの部屋の展示物もユダヤ教の祭具や祭服がほとんど、ゲットの人たちの生活を示すものはなかった。だれもいない、嗅《か》ぎ慣れない香の匂《にお》いがたちこめた展示室の床に私はべったりすわりこんで、一時間がすぎるのを目をつぶって待った。ここまで来て、どうやら急激にツアーへの期待が萎《しぼ》みはじめたようだった。

とうとう参加が叶《かな》った《ゲットのツアー》というのは、四、五人のグループが、ボランティアの女子学生に引率されて、彼女の説明を聞きながらゲットの中にあるシナゴーグと呼ばれる五つの会堂のうち、三つを見学する、それだけのことだった。ぜんぶまわって一時間だから、ていねいには見せてくれる。《出発したとたん》にツアーの一行が視界から消えるのは、博物館の中の階段を上がって行くからだというこ とがわかった。最上階が第一番に見学するシナゴーグになっているのだった。

（土地が限られたゲットのシナゴーグは、かならず、人が上から足で踏みつける心配のない最上階に造られる）

せまいゲットにこんな数の会堂があるのは、この場所に住んだユダヤ人が、もと自分たちのいた土地や国の習慣や建築様式にしたがって、それぞれのシナゴーグを建てたからだという。派閥はいろいろあるらしいが、砂漠の宗教として出発したユダヤ教は、イスラムとおなじで偶像崇拝を極端に退ける。そのためシナゴーグには絵画も像もなくて、一段と高いところに律法を納めた龕《がん》のある至聖所があるだけだ。その龕もカーテンで覆われているのだが、カーテンの生地や部屋のつくりが、それぞれの国の建築様式を伝えているのがおもしろい。ドイツ人の会堂とよばれているシナゴーグは、どこかウィーンの宮殿を思わせたし、スペイン人の会堂は、そのままイエズス会の礼拝堂だった。儀式のときは女は入れないというシナゴーグは、現在、使用されているものもあり、とくべつのときだけ、たとえば結婚式の会場として使われるものもあった。アメリカから帰ってきて、ここで式を挙げる人たちもあるという。

それにしても、キリスト教の復活祭にあたる過越《すぎこ》しの祭のための、種なしパンはどこで、どうやって作られるのか。だれが作るのか。ユダヤ人たちが大切にしているコシェルという方法で血を抜く食用肉の処理はどこでしているのか。バンコ・ロッソ［赤いカウンター］と中世から呼ばれていた質屋の、文字だけの看板は、いまも広場に面した家に残っているけれど、中はいったいどうなっているのか。せめて絵に残っていないのか。

散々な目にあってやっと参加できた《ゲット・ツアー》は、たしかに彼らの宗教儀式の一端は教えてくれたけれども、ゲットの人たちの暮しぶりについては、あまりわからなかった。

最後にもういちど、さっきツアーの出発まで待った博物館の展示室に案内された。もうたくさん、と思っているとき、隅のほうのガラスケースに飾られた白いものが目についた。近寄ってみると、嬰児《えいじ》を神殿に捧《ささ》げるときの服装一式で、そのなかに、あの洗礼式でジョヴァンニを入れたサテンとレースでつくった封筒のような《赤ちゃん入れ》があった。ユダヤ人顔のジョヴァンニが、落さないようにと冷汗をかいている私の腕のなかで、ぐにゃぐにゃする、あの大切な重みの感触がもどった。

その二　橋

一

黒い、みじかめのマントのすそが、これも黒い、光沢のあるブーツにまつわって、小刻みにひるがえる。足がわるいのを隠すというよりはかえってそれを弾みにするような歩き方で、彼女は、人ごみをわけては、橋を渡り、やっとひとり通れるほどの細い路地を抜けて行った。ときどき振りむいては私がついてくるのをたしかめるように、にっと笑う、小柄な彼女の黒い目に、秋にしてはめずらしい透明な陽射《ひざ》しがさっと映ってはきらめいた。こうやって、私たちは歩くの。自分にもいいきかせるような口調で、彼女はなんどかくりかえした。私たちヴェネツィアの人間は、蒸気船《ヴァポレット》には乗らないの。

　一年まえに死んだ夫が生前働いていた書店の主催する定例の講演会で、友人に紹介されてこの人と知りあったのは、たった五、六日まえのことだった。帰りの市電がぐうぜん同じ方角なのがわかって、夜半をすぎた暗い停留所で35番の市電を待つあいだ、彼女のほうから自分はヴェネツィア生まれだと話してくれた。まだ行ったことないわ、と私が目をかがやかせると、あっさりと誘ってくれた。来週、ちょっと用があって帰るんだけど。いっしょに来ない？

　彼女とはそれだけの知りあいだった。泊まる場所のあてもないから、日帰りにしようと決めて、朝いちばんの急行でミラノを発《た》ったのだったが、列車のなかで顔をあわせたのが、双方、はじめて昼間の光のなかで相手を見たことになる。ほんのりと赤味のさした頬が透きとおるようで、髪は、小さい女の子みたいなおかっぱに切り揃《そろ》えていた。職業は看護婦で、ボランティアで行っていた中央アフリカのチャドから、ひと月まえ帰ってきたばかりだという。来週から、もと勤めていたミラノの病院で勤務がはじまるので、それまでに、どうしてもヴェネツィアに行ってこなければならない用がある。いっしょに来てくれて、ほんとうにありがとう。おせじではなくて、彼女はしんそこうれしそうだった。

ヴェネツィアが「島」だとかねがね聞いていたはずなのに、実際に行ってみると「島」は見えなくて、すみずみまで「町」のふりをしている、その虚構性に私はまた呆然《ぼうぜん》として一日をすごしたような気がする。だが、それと同時に、マッテオに紹介されたというだけで、ついこのあいだまでは一面識もなかった人の善意にもたれ、まるでおなかをすかせた棄《す》て犬みたいに、彼女の靴のヒールが石畳に跳ねかえる音について歩いている自分に、あらためて夫の死を意識していた。暗いトンネルのような路地をくぐり、数えきれない小さな橋を渡り、井戸だけがぽつんとある人気のない広場を通り抜けて私たちは歩いたが、彼女には興味がないのか、なにもいうことがないのか、由緒《ゆいしょ》ありげな建物や教会の前を通っても、これといった説明もしてくれない。私自身、ほんの隣町に来るようなつもりで、ヴェネツィアについてはなにも調べて来なかったから、とりたてて彼女に訊《たず》ねることもなかった。

両親は死んじゃって、いないの。歩きながら、ぽつんと彼女がいった。叔母さんがひとりいて、つれあいといっしょにドロゲリアをやってる。

ドロゲリアとは、土地によってコロニアーレとも呼ばれて、遠い昔には植民地《コローニア》からのいわば渡来品だった香料や香辛料を主に扱った店が、時代とともに流通の仕組みも国と国との関係も変って、いまは缶詰類から米や豆などの穀類、銘柄のないワイン、ジュース類からビール、さらに洗剤やら安物の化粧品、掃除に使うぞうきんやほうき、バケツ、そして床を磨くためのワックスにいたるまでのあらゆる商品を売っている。薬局やパン屋のように、都市なら一ブロックに一軒はかならずあるという、日常生活に欠かせない店のひとつで、大学などで研究者が雑学にかまけていると、あいつはドロゲリアみたいな人間だな、と軽蔑《けいべつ》されたりする。雑貨屋と訳したいところだが、米までを含む食料品を売っているので、日本とはことばのニュアンスがずれている。

ちょっと、ここで待ってて。叔母さんに渡すものがあるの。十分ぐらいかな。いい？

いけないわけはむろんないから、表の壁に大小のほうきやブリキのたらいを派手に掛けた間口のせまい店に入っていく彼女を見とどけてから、いわれたように私は橋のたもとで待つことにした。

小型のオベリスクのような角柱が欄干の両端についた、大きくはないけれど、どっしりした大理石の橋だった。その日も彼女といっしょに渡ったはずのリアルトやアカデミアなど大運河《カナル・グランデ》の両岸をつなぐ大きな橋よりも、どちらかというと地味なその橋が記憶に残った。

ヴェネツィアにはそれからも行く機会があったが、ルチアというこの若い女性とつきあったのは、それが最初で最後みたいなものだった。ミラノに戻ると、彼女は病院の仕事に、私は翻訳やら通訳の仕事に没頭して、いつの間にか連絡がとだえた。半年ほどたったある日、私たちをひきあわせてくれたマッテオから、ルチアはまたチャドに出かけたと聞いた。なにか、彼女とはまだ話しきってないような満ち足りなさが、うっすらと残った。

九三年の秋、再度ヴェネツィアをおとずれていた私は、ある日、時間をつくって、いつかルチアを待ったおなじ橋のたもとに行ってみた。七一年にイタリアをひきあげたあとも、大学で講義をするためだったり、学会に招《よ》ばれたりで、この町にはなんどか来ていた。この橋は駅から島の中心部に行く道すじにあるから、その間、数えきれないほどここを往き来している。そのくせ、いつも仕事でしか通らない道の樹木が花を咲かせているのに気づかないように、私はずっとこの橋を日常の道具にだけ使ってきて、ルチアのことは思い出したことがなかった。イタリアからも日本からも宙ぶらりんになったような、自分にとっていちばんつらかったあの頃を、思い出したくなかったのかも知れない。いまさらのように、私は橋を眺めた。

グリエの橋、というのがこの橋の名。グリエとは、オベリスクのように先端が尖《とが》った細長い小型の角柱のこと。橋の名前を知ったのは、その夏、東京で手に入れたヴェネツィアの写真集に出ていたからだった。独特なかたちの柱を見て、あ、ルチアの橋だ、と思った。こんど行ったら、ぜひ行ってみよう。

渡る人間の側からいうと、ヴェネツィアの橋の多くがそうであるように、この橋も下を船が通れるように、中心のふくらみにむかってゆるい勾配《こうばい》を描いていて、両端には階段がついている。太鼓橋とか、反り橋というあれである。橋を渡るときは、靴のヒールが、建物にかこまれた道路を歩いているときとは、かすかにではあるけれど、違った音をたてる。

だが、おなじ橋を運河から見上げると、四本の柱や階段のふくらみよりも、アーチの側面にほどこされた大理石の細工が目につく。石と石との継目を被《おお》うためだろう、これも白い大理石に彫った古代ギリシア様式の芝居の仮面が一列にならんでいて、いかにもルネッサンスふうだ。造られたのは十六世紀だが、当時としては、斬《ざん》新《しん》なデザインだったのだろう。大きくはないけれど、ヴェネツィアではそれなりに知られた橋のひとつではあるらしい。

橋のそばに立って、ここを越えて街へ行く旅行者たち、あるいは滞在を終えて駅に向う人々の波を、流れ去った二十五年という歳月をそのなかに数えるように、私はぼんやりと眺めていた。叔母さんの、と彼女がいっていたドロゲリアも、むかしのままの場所にあった。店のまえに出ているバケツやほうきの陽気なプラスティックの色は、このまえ来たときとは打って変って華やかになっていたが、人の出入りは以前のほうが多かったように思える。叔母さんというひとは、まだ元気なのだろうか。

数日後、その橋がもう一度見たくて、駅から島の北側にあたるフォンダメンタ・ヌオーヴェ行きの水上バスに乗った。船は、大運河をしばらくサン・マルコの方角を向いて行ったあと、左へ直角に曲って、カンナレージョという名の、より細い水路に入る。グリエの橋をくぐって何メートルも行かないあたりが、停留所だった。

筏《いかだ》を水に浮かべただけのような足元のおぼつかない船着き場から道路に出たとき、私は思ってもみなかったことに気づいた。ちょうど船から道路に上がったところがゲットの入口になっていたのだ。門があるわけでもないのに入口というのも変だが、暗い路地の壁に打ちつけた陶器のタイルにそう書いてあるから、むかしはここに塀かなにかがあったのだろう。その入口は、ルチアの叔母さんの店とも、ユダヤ人向けの肉屋の看板をかかげた店とも同じ並びにあって、そういえば、奇妙に古びた街の雰囲気も、よそとはちょっと違う。きょろきょろとあたりを見まわしていて、あ る考えがあたまにひらめいた。叔母さんのところに行く、といって私をここで待たせたルチアも、もしかしたらゲットの出身だったのではなかったのか。

ユダヤ人のマッテオが紹介してくれたのも、彼女をこの界隈《かいわい》の出と考えてよい理由になるかも知れない。しかし、なによりも、私は、あのときのルチアに、微《かす》かに腑《ふ》におちない細部があったのを、目をこらさないと見えない小さな古い傷のようにうっすらとではあるけれど、はっきりと覚えていた。

ちょっと叔母さんのところに寄って渡すものがあるから、その辺で待ってて。彼女はそういって、私を店には連れていかないで、すこし離れた橋のところで待たせた。こういうのは、客好きというか、なにか新しいこと、新しいものに出くわさないかと、つねに八方に気をくばっているイタリアの、貴族や富豪ならいざしらず、とくに庶民といわれる階級の人にしては、ほんとうにめずらしい。自分が客を連れているのに、親族に紹介しないなどということは、その客がよほど会わせて具合のわるい人間でもないかぎり、この階級の人たちにはめったにない。橋のたもとで待つあいだ、私は、どうしてかな、とどこか納得できなかった。叔母さんに紹介されなかったことに気分を害した、というほどのことではもちろん、ない。こころのどこかに、ひっかかっただけである。外国の友人、それも日本の友達を伴っている。北方の国でならいざ知らず、イタリアでなら、鐘を叩《たた》いてでもみんなに告げてまわって見せびらかしたい、誇らしい出来事なのだから。

もしルチアがゲットの出だったら。そう考えると、彼女の、あのとき私にはなにか不可解に思えた行動が、より納得できるような気もした。そればかりか、彼女が私に残していった、あの話し足りないような印象、あれもなにか彼女が私には伏せておこうとしたことがあったからではなかったか。

ヴェネツィアに行く列車のなかで、彼女は毎年、アルプスのふもとで夏をすごす話をしてくれた。ジェネピという草でリキュールをつくるのよ、という彼女にジェネピなんて、へーんな名前、と私は笑った。うん。彼女も笑った。でも、からだにはいいのよ。

家族と行くの？　なにげなく訊ねて、私は後悔した。彼女の顔がちょっと翳《かげ》ったからである。ううん、家族はいないの。みんな死んだのよ。

あ、ごめん、といやなことを言わせてしまった自分に腹が立った。だが、あやまりはしても、それ以上は考えなかった。二十五、六にみえたルチアにもう両親がないことを、あのときの私は早いとも思わず、まるで当然のように聞きながした。いまになって、六八年から二十五という引き算の答えに私は愕然《がくぜん》としている。四三年。戦争の末期で、ヴェネツィアのゲットからも多くの住民が強制収容所に送られた年だ。夏をいっしょにすごす人たちのことを、彼女は「恩人」と「親みたいな人たち」ともいうふうにいっていた。あれはどういうことだったのか。当時、ユダヤ人の赤ん坊をひきとって、そだてた人がたくさんいたとも聞いたことがある。

ゲットの人たちがよそ者を信用しないのは、彼らがこれまでに通ってきた苛酷《かこく》な歴史を考えればごく自然なことだろう。いまだにゲットをシャイロックの巣のように信じこんでいてもおかしくない外国人を連れ歩くなど、あの人たちにとっては、自慢どころか、はずかしいことかも知れないではないか。

　肌の色こそ抜けるように白いが、髪も目も黒いルチアは、小柄なからだにエネルギーをみなぎらせて、こんどはなにをしようか、とたえず「つぎ」を考えているような彼女。もし彼女がゲットの出だとしたら、たえず過去をふみつぶそうとしているような彼女の、翳りの部分により納得がいきそうだった。ヴェネツィアでは暮らさないで、ミラノに行き、ミラノにも居つかないで、チャドの炎熱のなかで、ボランティアの看護婦として身を粉にしている。

　いや、すべてが私の思いすごしかも知れない。私は水の表面に落ちた油のしみのように、ルチアをゲットに結びつけたがって空想の輪をひろげる自分を制した。ヴェネツィア人はよそ者を信頼しない、その証拠に彼らは他国者を家に招ばないと、本で読んだこともある。そういえば、私がヴェネツィアに来るようになってからの長い年月に、たったいちど私を自宅に招待してくれたのは、ヴェネツィア人ではなくて、日本から来て大学で教えていた夫妻だったではないか。ルチアは、幼いときに両親をなくした、ふつうよりはちょっと不幸なだけのヴェネツィア人にすぎないと、どうして考えられないのか。その「ちょっと」が彼女の過去を翳らせているにすぎない。

橋のたもとでぼんやりしている私のまえを、つぎの水上バスの乗客がぞろぞろと通っていった。

二

ヴェネツィアをその中心のところでゆったりと締めくくって、いびつな疑問符のかたちに流れる大運河《カナル・グランデ》は、全長四キロ弱といわれるが、意外なのは、両岸をつなぐ橋が三本しかないことである。私には少なすぎる数に思えるのだが、それは、限られた時間にできるだけ多くのものを見ようとして、ここに来るたびに、歩き慣れない石畳の道をせっせこ歩きつづけている人間の身勝手にすぎないのか。街ぜんたいの調和を考えれば、これ以上、橋は不必要ということなのだろう。第一、華麗な館《やかた》が両岸に立ちならぶ大運河の景観に見合うだけの橋を設計することは容易でないだろうし、歴史的な景観でもっているこの島の人たちは、なにをするにも、便利か便利でないかという観点は埒外《らちがい》におきたがる傾向がある。

三本の橋を、ヴェネツィアの入口ともいえる駅のほうから数えると、一本目が、おそらくは鉄道の乗り入れと前後して架けられた、これといった特徴のないスカルツィ橋。つぎが大運河のちょうど中ほどにある、三本のなかでは、とびぬけて華やかなルネッサンス様式のリアルト橋、そして最後が、運河の終りに近いアカデミアのまえに渡された、アカデミアの橋。あとは、五ヵ所から渡し舟が出ていて、たしか無料で客を対岸に運んでくれる。

これらの橋のなかで、ヴェネツィアを訪れる旅行者の印象に残るのは、なんといっても運河のちょうど半ばほどにある屋根つきのリアルト橋だ。古さからいっても、建築的な価値としても、この橋は他の二本とは比べものにならなくて、フィレンツェのポンテ・ヴェッキオとおなじように、旅行者用の絵はがきには定番で登場する「名所」のひとつだ。もとはこの橋も木造で、しかも巨大な商船の通行を可能にするために跳ね橋であったのが、十六世紀に現在のような石の橋に造りかえられたのだという。十九世紀まではカナル・グランデに架けられた唯一《ゆいいつ》の橋ということで、実利上からも大事にされてきた。行事というほどではないけれど、夏の暑い日など、この橋から若者たちが運河に飛び込んでは、男らしさを見せびらかす。

古いといえば、フィレンツェ人だったボッカッチョの『デカメロン』にも、こんな話がある。アルベルトという名代の嘘《うそ》つき男がヴェネツィアにやってきて、修道僧になりすまし、リセッタという、あたまは抜群に弱いが、「柔らかくて、活《い》きのいい」人妻を手に入れようとする。あるときリセッタの夫が旅に出たのを知って、自分は天使ガブリエル様の化身だとだまして、まんまとリセッタの寝床にもぐりこむ。ところが、かねがね彼を怪しいと睨《にら》んでいたリセッタの義弟たちが寝室になだれこみ、あわやというところで、彼は裸のまま窓から大運河にとびこむ。悪運つよいアルベルトは、ちょうどそのとき扉が開いていた「善人の男」の家にころげこみ、かくまわれるのだが、その男が町に出て、昨夜リセッタの家に舞い降りた天使の正体がばれた話を耳にする。さてはと気づいた男の機転で、とうとうアルベルトは捕らえられて、街をひきずりまわされた。めでたしめでたし、悪いことはできないものですね。

この「善人の男」が女の怪《け》しからぬ噂《うわさ》を聞いたのがリアルトだったとボッカッチ

ョは書いているのだが、作者がこの橋の周辺を「不倫」の物語の舞台に選んだのには、それなりのわけがある。フィレンツェ人だったボッカッチョは十四世紀の人だが、すでにそのころヴェネツィアは悪徳の都として、ヨーロッパ中に名を知られていたし、なかでも商業の中心地として内外の商人で賑《にぎ》わっていたリアルトのあたりは、彼らを相手に稼ごうとする娼婦《しょうふ》が群れ屯《たむろ》して、繁栄と背中あわせの暗黒が複雑に入り混じった、いかがわしい地区だったからだ。

しかし、大運河の橋のなかで私にとっていちばん親しみがもてるのは、ほとんど歴史の重みをもたない、アカデミアの橋である。アカデミアに定冠詞をつけると、イタリアではふつう、国立の美術学校を指すのだが、アカデミアがあるほどの町ではたいてい、ガレリアと呼ばれるこれも国立の美術館が付属している。いや、反対かもしれない。美術館に美術学校が付いていると考えたほうが、順序が合っているような気もする。どっちだろう。

ヴェネツィアのアカデミアは、大運河があと五、六〇〇メートルで終るというあたり、サン・マルコ広場を基点にしていうと対岸にあって、橋は、昔、修道院だったという美術館/学校の建物のすぐ前から、サン・マルコ側にむかって架かっている。アカデミアの橋と呼ばれていて、その複雑な木材を組んだ構造が、私には、他にない美しさを具《そな》えているように思える。十九世紀に架けられた同じ構造の鉄の橋が、一九三四年に、木造に変えられたという。石から木というのはふつうと順序が反対なのに、いったいどういう経緯があったのだろう。三四年生まれといえば、この橋は私より若いことになる。木造とはいっても、鉄の橋の設計をそのまま木に移したということもあって、江戸時代などの日本の木の橋とはまったく違った印象の橋である。古い鉄橋などでみかける、細かい組立てそのものが繊細な模様を描いていて、そのためだろう、まるでマッチ棒を集めて造ったみたいな、遊びの要素たっぷりの外観になっている。そのうえ、でこぼこの石畳ばかりの舗道に痛めつけられた足が、木の上を歩いて靴のなかでひそかによろこんでいるのか、子供のころに連れられて行ったハーゲンベックのサーカスの、高い、足場のような骨組みの上にしつらえられた座席から落ちていったキャラメルの箱を、目が思い出しているのかも知れない。なによりも、すべてがきっちりと計算されなければならない狭隘《きようあい》なヴェネツィアの街で、しばらくのあいだだけ、ということで仮設のまま今日に到《いた》ったといわれるこの橋の、野心の無さみたいなものが、私をほっとさせるのだ。とくに、とっぷりと暮れた冬の日、海からの霧が運んでくる白い塩でざらざらする木のうえを歩くときなどは。

この橋のたもとの、もうそこが水というところに、小さなカフェがある。あるとき、授業の準備にくたびれて、そこでひと休みしていると、わあ、いた、いた、と日本語が聞こえて、東京で親しかった若い女の子がぱたぱたと橋の階段を降りてきた。アカデミアでそのころ卒業論文を四苦八苦して書いていた彼女は、その朝、どうも私らしい人間がこの橋あたりを歩いていた、あの辺に泊まっているらしいと、やはり日本から来ていた留学生に告げられて、授業の合間に何度か橋まで来ては、「見張ってたの」と打ち明けてくれた。いつもこうだ。私が思ってもみないようなときに、いきなり現れて、こちらが戸惑うひまもくれずに、さっさと自分の入り用なだけ私の好意をさらっていく、ふしぎな爽《さわ》やかさをそなえている。ヴェネツィアの橋のたもとでなんて、こんどこそ予期もしていなかったのに、またやられた。そう思いながらも、私はこころが暖かくなった。

大運河の橋もいいが、私が好きなのは、リオと方言で呼ばれる細い水路にかかった、無数の小さな橋だ。歩いていて、ふっとそこだけ歩調が変る。ヴェネツィアの人たちも、ほとんどその存在を意識していないような橋を、一日にいくつ渡ることか。そのほとんどが、律儀《りちぎ》に反り橋のかたちに造られているから、渡るときは、ほんの数段だが上り下りすることにもなる。そのうえデザインや造りもひとつひとつ違っているから、見あきることがない。

たとえばこれをアカデミアの近く、大運河に背を向けて裏道をしばらく行ったところに、ゲンコツ橋というのがある。そんな名があることも知らないで、始終渡っていたのを、あるとき友人が教えてくれた。サン・バルナバという名のリオにかかった幅二メートルあるかないかの目立たない橋だが、ここには毎朝、野菜を積んだ舟がやってくる。おなじ汽水湖のなかの島の農夫が売りに来るのだという。むかしはあたりまえだった風習が、この橋のたもとにはまだ残っているわけだ。春の朝、その辺を歩いていて、まだ運河が見えていないのに、あの、ほんのりと苦みのまざった、さわやかな野菜の香りにいきなり襲われることがある。とっさにはそれがなんのにおいか見当がつかないのだが、嗅覚《きゅうかく》のほうがちゃんと記憶していた。ミラノに住んでいたころ、水曜日ごとにマルティーニ広場に立つ青空市場で嗅《か》いだのとおなじあの匂《にお》いだ。思いがけない香りに包まれて、私は野生動物のように顔を上げ、空気に乗ってくるそのにおいを、ひくひく嗅ぎ分けようとしていた。これはもう旬《しゅん》が過ぎかかっているチョウセンアザミ、これはまだ苗の大きさしかないバジリコ、あ、もうあたらしいタマネギが出ている、というふうに。そして、それらの野菜を使ってつくる料理をあたまに描きながら。

ゲンコツ橋というおかしな名にも由来はあって、ここで、毎年、この辺の水夫組と、船大工組がげんこつをふるって、勝ち負けを決めたそうである。橋の上の大理石に、まるで仏足石みたいな足のかたちが彫られているのは、その試合のとき、それぞれが足を置く場所と決められていたのだと、友人が説明してくれた。昔は橋に手すりがなかったというから、負けたほうは、からだごと、ざんぶりと水に落ちたのだろう。げんこつ試合というからには、現代のボクシングのようなものだったのか。

今日は一日、あっちへ行ったり、こっちへ行ったり、というようなとき、ヴェネツィアの人は、上がったり、下りたり、という表現をよく使う。いかにも忙しそうには聞こえるが、坂もないのにどうして上がったり、下りたりなのだろうと、ずっと疑問に思っていた。その疑問がだんだん解けてきたのは、いつごろのことだったたろう。さきにも書いたように、たとえ小さな橋でも舟が下を通れるように反り橋になっているから、橋を渡るたびに、階段を「上がっては、下りる」ことになる。
黒いマントのすそをひるがえして歩いているルチアが、まるで小舟に乗っているみたいに、私の目のまえで上がったり下りたりする軽快なリズムが、あの日を思い出すたびに私のからだを駆けぬける。上がっては、下りて。そしてまた、上がっては、下りる。ルチアの足がわるいこともたしかにあったのだろうけれど、あれはなによりもヴェネツィアの橋のせいだったのだと、三十年近く経《た》ったいま、考えている。

三

上がったり、下りたり。ヴェネツィアの道のリズムが私を遠い大阪に連れて行く。『心中天の網島』。一七二〇年、十二月、竹本座初演。『曾根崎《そねざき》心中』とおなじように、この作品も少しまえに実際にあった心中事件を芝居にしたものという。

人形浄瑠璃《じょうるり》をはじめて観《み》たのは、ミラノの劇場でだった。それも自分で切符を買ったのではなくて、だれかに招待されてだった記憶がある。イタリア人で文楽にくわしいイエズス会の神父さんが日本から一行についてきていて、開幕前にみじかい解説があった。『曾根崎心中』だったと思うのだが、そのころはそれほど近松のテキストになじみがなかったし、浄瑠璃の科白《せりふ》はほとんど理解できなかった。とくに文楽が観たいからではなくて、ただ漫然と、日本のものだから、ぐらいで出かけていったのだった。

ライトの中に白い人形の顔がモンシロチョウのようにちらつく。しかし、その白い顔にではなく、私は暗い背景に浮かびあがった人形たちをとりまく色彩に感動していた。幼い日の雛《ひな》人形、心斎橋の呉服屋が結婚前の叔母たちにといって季節ごとに茶の間の畳にひろげて見せたあでやかな衣裳《いしょう》。どれもこれも、自分には古いと決めつけて、もうずっとまえに棄《す》ててしまったはずの色だった。それなのに、いまそれを遠い外国の劇場で見て、もしかするとこれこそが、自分のいちばん深いところに根づいている色なのではないかと思いあたり、私はそのあたらしい考えにどんどん突き飛ばされたていで、とっさには言葉がみつからなかった。

六つになった年の元日の朝、目がさめると、銀糸で織った細い帯といっしょに、叔母のお古だという、赤いもみのはっかけがついた、むらさきの縮緬《ちりめん》の着物が枕《まくら》もとにおいてあった。白い小さな梅の花をいちめんに散らした柄で、叔母が大事にしていたいちまさんの着ていたのとおなじだった。寝たままでぼんやりと眺めていると、叔母が入ってきて着せてくれた。こんなきれいなものが、うちにあった。そのことが夢のようだった。

こんなきれいなものが、うちにあった。それはそのままミラノで文楽を観たときの私の驚きだった。

ヴェネツィアの大小の運河や水路にかかる橋をつぎつぎに渡っていて、自分が『天の網島』の橋づくしの人形になったような錯覚に私はとらわれていた。妻子も義理も棄てた紙屋治兵衛が、新地の小春の手を引いて橋を渡る。いくばくも残されてないこの世の時間の一刻一刻を惜しむようにして、ふたりは「北へいかうか南へか」と迷ったあげく、とうとう東に道をとって彼岸への橋にたどりつく。天神橋、梅田橋、緑橋、桜橋。蜆《しじみ》橋、大江橋、難波《なにわ》小橋。そして、舟入《ふないり》橋、天満《てんま》橋、京橋、御成橋。朝晩、聞きなれた、渡りなれた橋の名を太夫《たゆう》がうたいあげるたびに、観客は固唾《かたず》をのんで耳をかたむけ、現実の橋を思い浮かべる。古いヴェネツィアの愛人たちもまた、胸をつまらせて、橋から橋へ渡ることがあったのだろうか。

聞き取れないほどの声だった。夕陽がひろい窓いっぱいに入ってくる部屋の食卓で、祖母はまるで小さい子がともだちに秘密をうちあけるように、私の顔に口を近づけ、細い、ためいきに似た声で一気にいった。

こんれいやいうのに、わたしはにもつもって、りんりきにのったをばさんのうしろあるいて。どうとんぼりから、こうらいばしまで。

え、と私は聞きなおした。祖母はまるで詩を暗誦《あんしょう》するみたいに、もういちど繰り返した。こんれいやいうのに……

一九六七年の六月にイタリアで夫に死なれたあと、二ヵ月経《た》って、まだ、ぐるぐる廻りをしている私のところに、父からの電報が母の危篤《きとく》を知らせてきた。すぐ帰ってこい。母が入院していたことは知っていたけれど、たいしたことではないと妹からも再三便りがあったので、まさかとは思ったが、とにかく急いで帰る手続きをした。羽田から飛行機を乗りついで六甲の病院に直行すると、母は意識が戻らないとはいえ、とにかく危機は脱したということだった。医者の不注意というような話もあって、病院は手をつくしてくれていた。

母を見舞ったあと、私は、とりあえず、祖母が家政婦とふたりで留守番をしていた阪神間の夙川《しゅくがわ》の家に帰ることになった。そこしか私の行くところはなかった。教会の手前で妹と別れたあと、桜並木の道を歩いて家に着き、通用口のベルを押すと、家政婦が出てきて、どなたさんですか、と私の顔を見てたずねた。この家の娘です。ほかに、どう返事していいのか、わからなかった。

長い手で腰のあたりで空気を漕《こ》ぐようにして、すっかり腰のまがった祖母が出てきた。会うのは二年ぶりだった。よう帰ってきた。そういいながら、彼女はなにかを掬《すく》いあげる仕草で、玄関の上がり框《かまち》から私にむかって両手をさしのべた。はじめての内孫だった私は、祖母にかわいがられてそだった。

夕食になにが出たか、それまで私がどこの部屋にいたのか、まったく記憶にない。食後、母の病院に近いホテルに泊まっている父に電話をかけて帰国の報告をすると、あとはすることがなかった。母が入院するまでの経緯を祖母がぽつりぽつり話してくれたが、羽田に着いたとき、飛行場で会った弟から聞いたのとほとんどおなじことばかり、いや、祖母の話は、ところどころが奇妙にずれていたうえ、なんどもおなじ繰り返しがあった。ママさんがこんなことになって、と祖母は骨ばったながい指で目頭をおさえながらいった。わたしがさきやったら、よかったのんに。

あんたもなあ、ふびんな。祖母がそれだけいうと私をちらりと見ただけで目をそむけたのは、かれこれ二時間も話しあったあとだった。うん。こちらもそれしかいえなかった。自分のなかにぎっしりつまったイタリア語での経験を、どう訳して祖母に伝えればよいのか見当もつかなかった。テレビがついたままになっていて、祖母はそれを見るでもなく、昔、よくしていたふうに、眼がねをかけて新聞のうえにかがみこむこともしないで、ほうけた視線を宙にただよわせていた。面長な、若いときは浮世絵みたいなといわれた青白い祖母の横顔に、テレビ番組のカラーが色褪《いろあ》せた幻燈《げんとう》のようにつぎつぎと映ってはまた消えた。

自分の婚礼の日というのに、道頓堀《どうとんぼり》から心斎橋を通って船場の高麗橋《こうらい》まで、荷物をもって歩かされた。人力車に乗った伯母さんが先に行くあとから。

私が着いて三日後、夕陽のあたる食卓で遠い記憶を手でまさぐるようにして婚礼の日の悔しかった話をしてくれたのが、八十二歳の祖母に正気が残っていた最後だった。私がイタリアから帰ったことで、自分のためにも、私のためにも安心したのだろう。四日目の朝、御寮人《ごりょん》さん起きる気がしないとおっしゃってます、と家政婦が私のところに来て告げた。祖母はそのまま寝間にこもったきり食事もしなくなって、九月の十六日に家で息をひきとった。最後まで世話をしたのは、結局、私だった。通夜《つや》に集まった叔父や叔母たちに、あの日、祖母から聞いた婚礼の日の話をすると、自分たちにはいちどもそんな話をしてくれなかったと、みなが哀れがった。

四

高麗橋《こうらい》、今橋、淀屋橋《よどや》。土佐堀、横堀、道頓堀《どうとんぼり》、堂島川。祖母がする大阪の話には、よく水路の名が出てきた。近松が「名残の橋づくし」でかぞえあげているように、堀や川、それにかかる橋は、大阪の町人にとって日常と非日常すべての基点となる大切な指標だった、と読んだことがある。そして、船場をとりかこむ水路とそれを花かんざしのように飾っていた橋の名は、結婚してそのなかに住むことになった祖母にとって、この選ばれた空間を、「じだらくな」外敵からまもってくれる忠実な番犬に似ていた。

　祖母の父、私の曾祖父《そうそふ》になる人は、堂島の米相場でしくじって財産をつぶしたと祖母自身から聞いたことがある。一発勝負が好きな人だったのだろう、もう一旗あげようというわけで、上海《シャンハイ》に渡ったきり音信が途絶えた。夫に去られた曾祖母は子供たちを連れて大和の小さなお寺の住職をしていた親類の厄介になったが、やがて当時は四年制だった小学校を卒業した祖母だけが、大阪の道頓堀で芝居茶屋を営んでいた伯母さんの家にあずけられた。

　子供のころ、叔母たちに連れられて、なんどかその家に行ったことがある。道頓堀の賑《にぎ》わいも郊外そだちの私や妹にはめずらしかったが、狭い急な階段を落ちないように手すりにつかまって降りていくと、道頓堀の流れで女中さんが洗濯をしていて、その前を波をけたててぽんぽん蒸気が通るという、子供にとってはそのまま、お話の世界だった。うちの人たちがその家族を、苗字《みようじ》ではなくて屋号で呼んでいたことも、叔母たちのいとこにあたる美人の「お姉さんたち」が、いつ行ってもよそいきじみたおめかしをしているのも、物知らずの私たち姉妹にはとんと理由が解《げ》せなかった。

伯母さんに「あずけられた」といっても、祖母は、むかしお茶子はんと呼ばれた奉公人の少女たちといっしょに、店と芝居小屋をせわしなく往き来して、弁当から髪結いばかりか、おそらくは浮気の面倒までみさせられたのではなかったか。そんな仕事が、律儀《りちぎ》一辺倒、まじめそのものの祖母には耐えられなかった。父親が相場で失敗したことから、そして、「じだらくな」芝居茶屋に出入りする人たちを見て育ったことから、祖母の生涯の敵は賭事《かけごと》と芝居だった。叔母のひとりが三味線を習いたいと言い出したときも祖母がさいごまで反対したのは、歌舞音曲すべてが祖母にとっては「道頓堀」の匂《にお》いがしたからである。ミラノに行くまで私が文楽を見たことがなかったのも、祖母が、私たちをその世界から遠ざけていたからだった。

道修《どしょう》町の木綿問屋に奉公し、物わかりのいい主人に許されて独立にこぎつけた祖父との婚礼の日に、祖母を高麗橋まで送ってくれたのは、芝居茶屋の伯母さんだった。自分はたかだかと人力車に乗って、宵には祝言《しゅうげん》をあげるはずの祖母が、うしろから風呂敷《ふろしき》づつみを抱えて、徒歩で。おそらくは夫となる人にも会ったことはなかっただろう。

三月の半ば、用を思い立って私は芝に住んでいる叔父に電話をかけた。無音を詫《わ》びると、叔父は、なんや、ぼくの誕生日を知ってかけてくれたんやないのんか、とがっかりした声をだした。両親や祖母、自分の弟妹だけでなく五人もいた父のきょうだいの誕生日までぜんぶ覚えているのが自慢だった私としては、その日を忘れたのは不覚もいいところだったが、ぐうぜん、その日に電話をかけたというので許してもらった。今日で八十歳よ、とうれしそうになんども繰りかえす叔父の声を聞いていて、私は、ふと祖母の大阪を歩いてみたくなった。

私も妹も、先年死んだ弟も、みな阪神間生まれ、戦争がはじまるまでは東京にいた。そのあと、私だけは東京やら外国やらそしてまた東京とつぎつぎに移り住んで、大阪という町についての土地勘はゼロにひとしい。

なんや、あんたらは。東京にいた子供のころ、休暇ごとに関西に帰った私や妹が、日本橋をニホンバシと東京読みにしたり、四つ橋を麻布《あざぶ》の家に近かった四ノ橋と混同したりすると、祖母はなさけながった。それぐらいは、まちごうたら、わらわれまっせ。

祖母の大阪を歩いてみよう。ただ歩くだけでいい。そう思いついて、ふたつばかりあった約束をことわって新幹線に乗った。

心斎橋に近い御堂筋《みどうすじ》沿いのホテルを出た私の足は、ごく自然に北にむかっていた。淀屋橋に出ると、「官」の匂いのする中之島《なかのしま》は避けて、肥後橋から堂島川まで行ってみることにした。

川風はまだつめたかった。土佐堀川の土手を肥後橋の方向に、風にさからって、背をこごめて、私は歩いた。花博覧会の名残だという大きなプランターには、信じられないほど見事な、淡い色あいのパンジーが咲きこぼれていた。日本の多くの都市がそうであるように、大阪も昔日《せきじつ》の影はないといわれるが、私にはそれでよかった。その日はただ、一八八五年生まれの祖母が歩いた道のりを、すこしでもいいから、自分の足で歩いてたしかめることができれば、それでよかった。

戦前、夏がくると屋上から祖母や叔父・叔母といっしょに天神祭を見た、父たちの会社があった堂島のあたりに私は行ってみたかった。会社のビルは、それまで職住一体だった今橋の家から会社組織に変ったのを機に建てて移転したものだったが、祖母にとってそれは祖父の死によって彼女の出る幕がなくなったことを意味する建物でもあった。それでもまだ、「会社」とはだれも呼んでいなかった。父が毎日、阪急電車に乗って出勤するのは「店」だったから、父親が会社に行くと話す友人たちがうらやましかった。

天神祭の夜は、家族そろって堂島浜通りのその「店」に行って、そこでも御寮人《ごりょん》さんと呼ばれていた祖母が半分育てたような分家のおじさんたちに思う存分遊んでもらうのが、私たちの夏の大きな愉《たの》しみだった。あまり年のちがわない叔父たちや父のいとこたちと、一階から三階の屋上まで駆けあがったり、駆け降りたり、疲れ果てて足は棒、声は嗄《か》れて、よそいきの服はくしゃくしゃというありさまで、すっかり眠くなったころに「お渡り」のお囃子《はやし》が聞こえてくる。天神さんだっせ、と祖母が私たちを呼びよせ、一瞬、おとなたちは静かになって手をあわせ、子供らが眠気に抗《あらが》いながら息をつめて目をこらすまえを、まばゆい御座所船に乗った、目には見えない天神さんがお渡りになる。

『天の網島』が書かれた当時の地図を見ると、堂島は、中之島の北を流れる堂島川と、芝居にもしばしば登場するがいまは消滅した蜆川《しじみ》にはさまれた、小さいけれど正真正銘の島だった。小春が年季をつとめていた曾根崎《そねざき》新地は、その島の北側にあった。蜆川のあとらしいものは、何という名の通りなのだろうか、いまもうっすらと細い道筋になって残っている。ちょうど、ここから天満《てんま》橋まで歩けば、ほぼ、あの夜、小春が歩いた道のりになる。

祖母と『天の網島』がいつのまにか私のなかで重なっていた。堂島大橋、玉江橋、田蓑橋、渡辺橋、大江橋。今日はそのどれもが、死に向って走る恋人たちのせわしい息づかいとはなんの共通点もない、車の波が絶えない騒々しいばかりの橋ではあったけれど、私は満足だった。せわしなく行き交うサラリーマンやOLにまじって、いったい何時間、私は歩いたのだろうか。難波《なにわ》橋をすぎ天神橋を渡ってとうとう天満宮にたどりついたのは、まるで冬の日のように澄みわたった空の太陽が、もうそろそろ傾きはじめる時間だった。早く行かなければ。私は急にあせりを覚えた。陽の沈むまでに、四天王寺の台地に行きたかったからだ。

祖母に連れられてお盆のあとの施餓鬼会《せがきえ》に四天王寺に行ったことがある。境内の亀井の水という泉に、長い棒の先にはさんだ経木を流すためだった。先祖の戒名を墨で書いた経木は、亀井の泉から海に流れ出て西方浄土に行くという。まさか、といって私は祖母にたしなめられた。そのあと、私は、四天王寺の西門を出てすぐの坂のうえにある寺に連れていかれた。

一心寺は遺族が死者の骨を納めると、それを使って何年かに一体ずつ、いわば共同の仏像につくってくれるという寺である。お祖父《じい》ちゃんのお骨もはいってまっせ。たしかに祖母はそういって私に手を合わさせた。白っぽい、子供にも変な色と感じられた、のっぺりした巨大な仏像が何体か、線香の煙のむこうにあった。ヒトのホネという気味のわるさに吐きそうになりながら、それでも、これがおとなの世界だと祖母が教えているようで私はけんめいに背をのばしていた。たしかおなじ日に行った、女の人の髪の毛で編んだ長くて重い綱を引いて鐘を鳴らすお寺も一心寺だったのか。黒髪を綯《な》ったおなじような綱は、お堂の奥の壁にもびっしりと並んで掛っていて、その周囲に吊《つる》したあくどい色の千羽鶴《せんばづる》がざらざらと揺れていた。そして、山門を出たところの細い坂道の地べたに並んでいた乞食たち。祖母は、前夜、ひもに通しておいた五銭玉をほどいて、ひとつひとつ配って歩くよう私に命令した。おばあちゃんがあげて。私があまえると、はようしなはれ、とこわい顔をした。

骨でつくった仏像といい、夏の午後、山門のわきに並んでいた乞食の列といい、それを祖母といっしょに見た話を、私はつい最近までだれにも話したことがなかった。自分でも、夢うつつのように思えたからである。それが確信に変ったのは、この冬、佐々木幹郎さんの『都市の誘惑』という本を読んでいてだった。

四天王寺西門が極楽の東の門であるという「信仰は、平安末期から鎌倉《かまくら》期にかけて広がった。この時期、彼岸の中日になると、西門から直接つづく難波の海に向かって、入水《じゆすい》自殺する人が絶えなかったのはよく知られている。入水するのは、難波の海に夕日が沈む時刻であった」そう佐々木さんは書いている。

それは日想観という浄土信仰の思想によるもので、西門付近に信者が群らがっただけでなく、夕陽が海に沈むのが真正面に見えたこのあたりの台地の西側には、庵《いおり》を造って住んだ人たちもあったという。『新古今和歌集』の編者のひとりであった藤原家隆《いえたか》も、晩年、突如、京をひきはらって、この丘に庵をむすび、ここで生涯を終えたといい伝えられている。一心寺の坂にならんで物乞《ものご》いをしていた男たちは、むかし、ここで死期を迎えるために集まってきた浄土鑽仰者の伝統のなかで、あの坂にうずくまっていたのだ。

慣れない長歩きに、もう一歩も先に進めないほど足がくたびれていた。あきらめて天満橋からタクシーをひろったのだが、四天王寺の西門に着いたときにはもう五時をまわっていて、広々とした寺の境内は、人影もまばらだった。道を訊《たず》ねると、私もそっちのほうに用事あるさかい、いっしょに行ったげますわと気さくに応じてくれた中年のおばさんと、ふたりで首をのばしてのぞいた亀井の水の周囲には、まだこんな時刻と思うのに、数人の浮浪者がダンボールにくるまって窮屈そうに寝ていた。気がつくと、境内の、少しでも外気から囲われた場所はすべて、彼らの仲間に占領されていた。もうここはすっかり夜なのだ。

礼をいっておばさんと別れ、陽の落ちないうちにと西門を出て、地図にあったとおりの広い道路を渡って、一心寺に急いだ。ここも、堂宇はすべて閉まっていて、前を通った手洗所から浮浪者が出て来たりした。あわてて入口に戻ると、山門をくぐって、むかし祖母と来た方向と見当をつけた道に出たが、それは私が憶《おぼ》えていた、あの細い坂道ではなくて、交通量のはげしい、信号機のある往還だった。記憶違いというよりは、都市整備のせいらしかった。坂のはるか下のほうには、西方浄土とは似ても似つかない「新世界」の通天閣が、小さな棘《とげ》のように見えた。

春のほこりなのか汚染された空気なのか、その景色を覆《おお》って灰色に澱《よど》んだ層のうえに、大きな、まるい太陽が、透明な液体のような赤であたりを染めながら、ゆっくりと沈みはじめていた。もう、大阪も東京も、なかった。下界、ということばをひさしぶりにかみしめる思いで、私は立ちつくした。船場は明日行けばいい。そう自分にいいきかせて、私はとっぷりと暮れるまで、その坂の上にいた。

この冬読んだ本によると、七十九歳で静かに死んでいった家隆はこの坂のすぐ近くに葬《ほうむ》られ、家隆《かりゅう》塚と呼ばれる樹木にかこまれたその墓は、晴れた日にはあかあかと夕陽に照らされるという。

その三　島

一

一九六八年の夏の休暇を、私は、ヴェネツィアの沖にあるリドの島で過ごした。この島の名に、どこか華やかなひびきがあるのは、夏だけヴェネツィアからここに移されるカジノや、毎年、秋に開催される映画祭などのせいにちがいない。リドはまた、十九世紀後半から二十世紀前半にかけてこの国にもたらされた海水浴の習慣が、カトリックのイタリアにしては比較的早い時期に根を下ろした、ラディカルで贅沢《ぜいたく》な避暑地としても内外に名を知られてきた。ゲーテ、それからバイロン、ミュッセなどのロマン派の詩人や作家たちも、こぞってこの島を訪れ、どこまでもつづく白砂の浜辺を賞讃《しょうさん》したし、トマス・マンの『ヴェニスに死す』も、リドが舞台になっている。

一九六八年の私のリドは、しかし、そんな華やかさすべてを、錆《さ》びた小刀の刃でギシギシとけずりとったようにうらぶれていた。リド島が、ではない。

六七年の六月に夫が死んで、八月には母が危篤《きとく》の電報で日本に帰った。母はもちなおしたが、祖母が死に、一年まえに手術した癌《がん》がいつ再発するかわからない父をひとり残して、私は、翌年の五月、がらんとしたミラノの家に戻った。どうやってこれから暮しをたてていこうか、と思っても、すぐになにをすればいいのか、わからなかった。

がらんとしていたのは、五年半、夫と暮らしたムジェッロ街の家だけではなかった。私が日本に帰っていた十ヵ月ほどのあいだに、「政治の六八年」が異常増殖をはじめていて、ミラノも、夫が生前つとめていた書店の仲間たちも、日常に背をむけて、精神のゆとりを失っていた。どの旗を振っても、だれかが傷つくなかで、私は仕事らしい仕事もなく、あせるうちにはやばやと夏が来た。ただ、うろうろしていたようにも思う。道を歩いていても景色が目に入らず、意志だけに支えられて、からだを固くして日々を送っていた。

サン・マルコ広場からフェリーが出ているわ。決めたら、電話をちょうだい、船着き場まで迎えに行きます。リドの島のペンションで休暇をすごしているインゲ・ケスラーからの電話だった。一週間ほどまえミラノを出発する直前にも、彼女はいっしょに来る気はないかと誘ってくれたのだったが、私が決めかねているのをみると、じゃ、むこうで待ってるわね、とひと足さきに行ってしまった。八月に入ってしまうと、いくら静かなこのペンションでも満員になるから、来るつもりなら一日も早くいらっしゃい。ぐずぐずしている私をうながすための電話だった。

ベルリン生まれのインゲは、もと舞台女優のジャーナリストで、ドイツ人にしては小柄で肌の色も小麦色だったけれど、五十代を半ば過ぎた当時でも、どこかディートリッヒふうの美しさがちらつく魅力的な女性で、書店の口さがない常連の話題になったりした。

母方のおばあさんがユダヤ人だったので、ナチス政権のもとでは舞台に立てなくなり、おまけに夫を戦場で失《な》くしたことから、すっかりドイツがいやになって、戦後、再婚した相手とも別れてからは、ミラノに住んで、オペラや芝居のシーズンがはじまると、スカラ座やピッコロ・テアトロ劇場の演《だ》し物《もの》をめぐる記事を、フランクフルトの新聞に送って生計をたてていた。夫がつとめていたミラノの書店に彼女が出入りするようになってからは、外国人どうしの気やすさもてつだって、私たちは始終電話をかけあって仕事の話をしたり、食事に招きあったりしていたが、夫が死んでからは、だれよりも頼りになる友人のひとりになった。

毎年、夏になると、ふだんはボンにいる娘のハンナとふたりの孫をインゲはリド島の南端にあるアルベローニという小さな村のペンションに呼び寄せて休暇を過ごすのを愉《たの》しみにしていた。そしてその年は、ミラノでひとりぼんやりしていた私に、よかったら合流しないかと誘ってくれたのだった。それまでにも、鉱物になってしまったような私を、八月は極端に人がいなくなる暑いミラノから誘いだそうと、何人かの友人・知人がそれぞれの山や海辺にある別荘やセカンド・ハウスに招いてくれたのを、私はことわりつづけていた。うんと甘えてちょうだい、そうよ、夫を亡《な》くしたあなたはかわいそうなのよ、といいたげな友人たちの重たい親切が、秋からの収入のめどもさっぱりたっていない自分の不安定な状況を思い知らされるみたいで、かえって気がめいるのだった。

インゲはちがっていた。彼女は、ペンションの部屋代もきっちり教えてくれたうえで、よかったら来ないかと声をかけてくれた。たいへんだったら、当座は私がたてかえてもいいのよ、といいながらも、何日滞在すれば何割引きになると、たぶん、ドイツ式なのだろう、「各自持ち」であることを最初から包まずにいってくれた彼女のやりかたが、そのときの私には爽《さわ》やかに思え、彼女の好意をすんなりと受けいれることができた。たとえ彼女の娘や孫たちといっしょでも、ふだんはひとり暮しになれているインゲのほうが、気をつかわずに済みそうだった。

地図の上のリドの島は、ヴェネツィアやブラーノ、ムラーノなどをはじめとする、ほとんど無数にちかい島が点在する汽水湖と、外海であるアドリア海とのあいだに、まるで棒切れのように横たわった長さ十二キロほどの島である。もともとは砂嘴《さし》にすぎなかったものが、漁師が棲《す》みつくようになって、しだいにほんものの島の様相を呈するようになったのだと、なにかで読んだことがある。漁師たちが植えたのか島が種を運んで来たのか、いずれにしても、植物が砂地を土に変え、島をつくりあげていったにちがいない。

淡い空色のしずかな海に、白い、杼《ひ》のかたちをした砂州《さす》が、ほっそりと横たわっている。中世の細密画にあるような金色のさざ波が、太陽の光をまぶしく反射して海の表面に細かい絞り模様を描き、そのうえを、ときおり、カモメがゆるやかに飛びかう。浜を意味する普通名詞をそのまま、この島にあてはめただけのリドというLのなめらかな音ではじまる地名のせいもあったのだろう、私のなかには、現実とは離れて、そんな穏やかさに満ちた島がひっそりとねむっていた。

リド島には、リドという名のいわば本町があって、島の栄光はすべてその町に凝縮され、そこで終っていた。インゲに誘われて行ったアルベローニは、おなじ島の上とはいっても、町からバスで三十分の距離にある、さびれた漁村だった。そして、私たちのペンションは、今日は海を見に行こうと決心でもしないかぎり、ヴェネツィアでならあらゆる街角でばったり出会ってしまうあの心を震わせる青のひろがりとは、なんの繫《つな》がりもない土地にあった。島のこのあたりに漁民が住むようになったのは、いったいどの時代のことだったのか、アルベローニという高い木々を意味する地名そのものが、この辺りいちめんに植えられたイタリア・ポプラの林に由来していることから考えると、とんでもない新開地なのかもしれなかった。

北イタリアにポプラの植林熱が高まったのは、戦中か戦後まもなく、パルプがもうかるという噂《うわさ》が、まるで平原をわたるイナゴの大群のように巷《ちまた》に流れたころで、だれもかれもが世話のかかる牧草地をつぶして、ほうっておいても育つポプラを植えた。その熱がリドの島の人たちにまで蔓延《まんえん》したということだったのか。ペンションの周囲は、リドの町と村をむすぶバスの発着場の広場にぽつんと一軒ある雑貨屋兼よろず屋のほかは、店らしい店もないさびしい土地で、海がないばかりか、薄い緑の葉をちらちらと風に揺らせて、たえず小さな音をたてるポプラ林がどこまでも続いていた。ポプラ、とはいっても、イタリア・ポプラと呼ばれるのは、私たちが北海道大学の写真などで見なれている、あの亭々と繁《しげ》る姿のいい大木とは似ても似つかない、ひょろひょろと上に伸びるだけの、なんの風情《ふぜい》もない貧相な品種だ。ペンションが村から離れた土地にあることは、バスを降りる乗客が、ひとりのこらずといってよいほど、いっせいに私たちと反対の方向に歩き出すことからもわかった。

いくらさびしいといっても、この村の経済活動の中心である漁港には多少の賑《にぎ》わいがあったにちがいない。それなのに、漁港がどのあたりにあるのか探そうとしなかったほど、私がこの土地になじまなかったのも事実だった。

ペンションは白壁にありふれた緑の鎧戸《よろいど》という、これといった特徴のない建物で、経営者の若い夫婦が土地の人ではないらしいのは、彼らの話す言葉の抑揚ですぐに知れた。部屋は清潔で食事もまあまあ、従業員は礼儀ただしかったから、快適さだけを考えれば、すべてインゲから聞いていたとおりだった。十人をちょっと越すほどの泊まり客は、私たちのような外国人もありイタリア人もありで、昼間はヴェネツィア見物に出かけたり、リドの海水浴場まで行って背中を焼いたり泳いだりして、ごく平凡な休暇をすごしている様子だった。私はといえば、けっきょくミラノにいるのとたいしてかわらなくて、すずしい風がはいる部屋の窓ぎわで、家からもってきた本を読んでいることが多く、しぜん、ペンションの従業員たちと言葉をかわすようになったのが、休暇にしてはずいぶん貧相なアクセントだった。夜は、庭に出した長いテーブルでの、ドイツ語や英語やイタリア語のとびかうディナーに全員が集まったが、にぎやかな食事が済んで子供たちが部屋に上がってしまうと、あとはもう、することがなかった。玄関まえの小さな空地に置いた白いペンキを塗ったガーデン・テーブルを囲んで、夏の季節だけ手伝いに来ている大学生たちの仕事が終るのを待って、経営者の夫婦もいっしょにカードをしたり、跳ねるように語尾が上がるこのあたりの方言で彼らが声をひくめて話している友人・知人の恋のうわさに耳をかたむけるぐらいが、娯楽といえば娯楽だった。

でも、あの夏、自分がとくにアルベローニにがっかりしていたとは思えない。ミラノでもそうだったが、あのころの私は、ふつうに笑ったり、人と話したりすることができなくなっていたように思う。顔や声が笑っていても、もうひとりの自分がそれをじっと見つめているのに気づく、そんなふうに感じることがあった。息が浅いような、いつも肩がこわばっているような毎日だったから、ミラノでもアルベローニでも、究極的には変りなかった。いや、なにを見ても夫と暮らした日々を思い出させるミラノよりは、林の中の単調なペンション暮しではあっても、やはりインゲたちといっしょのアルベローニのほうが、数倍よかった。

それまでもインゲから話は聞いていたが、この島に来てはじめて会ったハンナは、インゲと戦死した夫とのあいだに生まれたひとり娘で、フランクフルトの劇場専属の女優だった。赤ん坊のハンナを抱いて空襲のなかを逃げまわったと、インゲはよく戦時中の苦労話をしたが、その娘は十七歳でかなり年長の舞台監督とさっさと結婚してしまった。ドイツではめずらしくないのよ、とくに演劇なんかやってる人間たちの世界ではね、とインゲがいうように、ハンナの結婚はやがて破綻《はたん》をむかえ、離婚したあとは九歳の男の子ペーターと五歳の女の子アンナを彼女がひとりで育てていた。肩までのばした金髪の、足ばかりひょろひょろと長いハンナは、女優には不似合いと思えるほど、ひどく表情に乏しい女だった。成熟しきれない、少女のようなエゴイズムに自分自身がふりまわされているようなところが彼女にはあって、ドイツ語以外は片言も話そうとしなかった。したがって、ペンションの従業員も、夕食のときだけ全員顔をあわせる相客たちも、たとえば子供たちのことで彼女に話しかけたいときは、みんなおかあさんのインゲに通訳をたのまねばならなかった。ふたりの子も、兄のペーターは目の碧《あお》い、そっけないところも母親似のやせっぽちだったが、五歳のアンナはちりちりと縮れた栗色《くりいろ》の髪の愛くるしい子で、ペンションの従業員たちにもかわいがられていた。おとなが相手をすると、ソバカスだらけの顔をくしゃくしゃにして笑うのがうけて、しじゅうあちこちからアンナ、ちょっといらっしゃい、と声がかかった。両親が別れたのが七つのときだったという兄のペーターがひどく神経質なのがおばあさんのインゲには心配の種だった。将来、どんな職業に進むかを、ドイツではまだ幼い時分に決めなければならない、どう思っても残酷すぎるわ、とインゲは少年の苛立《いらだ》ちやすい性格までを学校制度のせいにした。じっさいペーターは、夜、庭の長いテーブルで食事をするあいだも、羽虫がコップの水に落ちたといって白い華奢《きゃしゃ》なひたいに青筋をたてたり、ぼくのフォークを使ったと、妹のアンナをぐちぐちといびって、ひとのことはいいから、早くおあがりなさい、と母親のハンナに叱《しか》られたりしていた。毎年、子供たちは夏休みを、前半は母親と、後半は父親といっしょにすごすことになっていて、父親があたらしく結婚した人にもすっかりなついていると、インゲはなんどもくりかえした。その女性も職業は女優で、ハンナとおなじ劇場の専属なの。ふたりはほんとうに仲がいいのよ、と複雑な男女関係に「理性的」に対処できる娘をインゲはほめた。口ではたえず故国をわるくいっているのに、やっぱりインゲも、胸のいちばん底のへんではちょっと軽蔑《けいべつ》しているイタリア女のぼってりとした「やわらかさ」よりも、ドライなドイツふうが好きなのかと私は思った。インゲにはイタリア人の愛人がいて、私も知っていたその男の妻は、古風な、忍耐づよい女だった。

二週間の予定でやってきたアルベローニだったが、最初の五日ほどが過ぎてみると、ペンションで本を読んでいるだけでは一日が長く感じられるようになった。一年にたったひと月だけ、ふだんは離れて暮らしている娘や孫たちとの生活を愉しんでいるインゲたちの邪魔はしたくなかったし、ドイツ語がわからない私がそばにいると、インゲにたえず通訳をさせてしまうのが、心苦しかったこともある。だが、いちばんの理由は、ひとりになりたかったからだったろう。そこで考え出したのが、ヴェネツィア通いだった。朝食が済むとすぐ、ひとりペンションを出て、バスに乗り、リドの船着き場からフェリーに乗ってヴェネツィアに渡る。美術館や教会をたずね、歩きつかれると、海の見える場所にすわって本を読む。昼食はパンを買ってたべたり、カフェで簡単な食事をしたり。夕方にはまたフェリーに乗ってリドに帰る。まるで、ずる休みをしているサラリーマンみたいだ、そう思いながら、私は、ほぼ一時間の距離をバスと船を乗りつないで、せっせとヴェネツィアに通った。

その夏の私は、しかし、アルベローニを愛せなかったのとおなじように、ヴェネツィアともうまくいかなかった。

アルベローニの広場を出たバスが、海岸線に沿って、がたがたとリドの町に向けて走るあいだ、窓からは、水平線のずっとむこうに、サン・マルコの高い塔を中心に抱いた、白っぽい、息がつまるほど美しいヴェネツィアのプロフィールがみえる。

それだけならすばらしいのだけれど、私のバスがそこを通る朝の時間は、ちょうど引き潮の時間にあたっていた。そのため、夢のようなヴェネツィアの遠景から一瞬視線をそらすと、いやおうなしに見えてしまうのが、平生はすっぽりと水中に沈んでいて目につくことのないヘドロの海底だった。ねっとりとした泥とそれが発する悪臭だけではない。他の製品より目立つことだけを考えて百のけばけばしい色に染めわけられた、おびただしい数のプラスティック・ボトルが、黒いヘドロにまざって醜い残骸《ざんがい》を曝《さら》している。汽水湖の汚染が進んでいることはかねがね聞いていたけれど、一度自分の目で見てしまったあとは、ヴェネツィアのなにもかもあらゆるものに、ねっとりとした匂《にお》いがこびりついているように感じられた。

盛夏のヴェネツィアにそれまで行ったことがなかったからかもしれない。はじめてここを訪れたのは、友人が案内してくれた早春の日だった。二番目に来たのは秋で、日本からの旅行者を商社から頼まれてこちらが案内したのだった。そのどちらの機会にも、私はこの島の美しさに目をみはり、魅せられたのだったが、いま、夏の観光客の波に揉《も》まれて、終日、細く入りくんだ道を迷い歩き、美術館の入口で並んで切符を買い、絵を見て、夕方、またリドに帰る船で自分の中に残っているのは、乾いた疲労感だけだった。ドゥカーレ宮殿の広間から広間を歩き、往時のヴェネツィアの栄光を目《ま》のあたりにしても、ティントレットやティツィアーノ、ヴェロネーゼたちヴェネツィア派の画家たちの作品にみなぎる精力と豊満と構成の複雑さを目のあたりにしても、おなじことだった。それらすべてが情熱に燃えたち、燦《きら》めいている分だけ、喪《うしな》ったものへの想《おも》いとの、とりかえしのつかない落差の意識だけが深まった。

その夏、ヴェネツィアのなにもかもが、照りつける太陽の下で、平板に、白茶けていた。

アルベローニに来て、後悔してるんじゃないでしょうね。ある夜、食事のあと、ハンナが子供たちを部屋に連れて上がったのを見とどけるようにして、庭のテーブルに残っていたインゲが訊《き》いた。そんなことないわ、と反射的に返事をすると、インゲは私の目をじっと見ていった。ヴェネツィアがわるいんじゃないのよ。時間に逆らってもだめなの。私だって、ずいぶん待ったわ。

それは、ドゥオモの屋根の金色のマドンナが見える、涼しいミラノの彼女の家のルーフ・テラスで、冷蔵庫から出してきた冷たいスコッチのグラスを手に、なんども彼女が私にくりかえしたフレーズだった。私だって、ずいぶん待ったわ。

えっ、なにを待ったんですか。声高なインゲのドイツなまりの言葉尻《じり》をとらえて、若い声が調子はずれな喚声をあげた。アルバイトの男の子たちが、夕食のあと、ちょっと潜ってきます、といって出かけた漁の獲物《えもの》を袋いっぱいにして帰ってきたのだった。

二

インゲがあの日、とつぜん、トルチェッロ行きを考えつかなかったら、私とあの島は、永遠にまじわらないままだったかもしれない。

その朝、いつものようにヴェネツィアに出かけようとしていた私に、インゲが声をかけた。さっき、トルチェッロに行くタクシーを、頼んでおいたわ。明日、みんなで行きましょう。

トルチェッロは、汽水湖のずっと北のほうにある小さな島で、古いバジリカ様式の教会があるはずだった。タクシーでなんて、と私はびっくりした。地上を走るタクシーにだってとても乗れない身分なのに、モーター・ボートのタクシーで行くなんて、思いもおよばない贅沢《ぜいたく》だった。

あら、だいじょうぶよ。インゲはたちまち私の心配を察した。これは私のプレントだと思って受けてちょうだい。トルチェッロの大聖堂はすばらしいから、見ておいて損はないわ。

しかし、残念なことに、つぎの日は夏にはめずらしい大雨が降って、モーター・ボートでの遠出など論外だった。インゲたちは他にも行きたいところがあったので、トルチェッロはまた来年にでもということになったが、私は来年のことなどわからなかったし、有名なモザイクがあると聞いては見逃すわけにいかなかった。

ヴェネツィアのフォンダメンタ・ヌオーヴェの船着き場から、トルチェッロ行きの船が出てるそうよ。インゲは、もとは自分が言い出したことだからと気をつかって、私のために、ふつうの料金で行ける方法をペンションの人から訊《き》き出してきてくれた。ここからだと片道一時間半はかかるらしいけど、ぜひ行ってらっしゃい。

ヴェネツィアが島だという事実を、私は、自分の足で踏みしめてみるまでは実感がつかめなかった。自分のなかに子供のときからずっと巣喰っていた「島」という言葉が、孤島とか、淋《さみ》しさ、あるいは奇想天外なつくり話のなかの、南の海にぽっかりと浮かんだ緑の島、といったイメージには結びついても、繁華な都市のざわめきには繋《つな》がらなかったからかもしれない。日本という国についてだって、そこから外に出るまでは、自分が島にいるなんて自覚したことがなかった。さらに、ヴェネツィアが島とわかってからも、それがほんとうは、確固としたひとつの島ではなくて、自分がそれまでヴェネツィアと信じていた土地の半分以上が、人の手でつくられた浮き島に過ぎないと知ったときは、もういちど驚かされた。

エレクタという美術出版社から出ている、『ヴェネツィア』と単刀直入に題された本がある。ドメニコ・クリヴェッラーリというこの本の著者は、だれもが食傷気味の通事的な観光や美術史の説明に囚《とら》われないでこの島の地理や歴史を現代の目から縦横に論じていて、その学際的な切り口も添えられた写真も目あたらしくておもしろい本だ。十年ほどまえに出版されたのをヴェネツィアの友人が東京に来たときに持ってきてくれた。その本のごくはじめの部分に、島らしい絵の写真が載っていて、キャプションには「ヴェネツィア汽水湖の初期の定住状況」とある。その島を、秋風に穂をなびかせるススキ野を連想させる細かい波に被《おお》われた、海なのか運河なのか、帯状の水面がぐるりと取囲んでいて、島の岸には、小舟が二艘《そう》つながれている。構図の大部分を占める横に長い島の、ほぼまん中あたりに、十字架と塔のついたりっぱな教会がある。萱《かや》ぶきだろうか、教会も、そのまわりに散在する家も、屋根はみな萱のような草で葺《ふ》かれているらしく、それに、どの建物も木造で見るからに貧しげだ。絵も絵の中の建築も稚拙な雰囲気だが、なにか淋しいような、なつかしいような感じがあって、こんな島がどこかにあれば、気のあう友人といっしょに住んでみたい気もする。

だが、ヴェネツィアの歴史を考えると、この絵の島の住人たちにとって、淋しかったり、なつかしかったりどころの話ではなかったはずだ。彼らは、北方からやってきた蛮族に追われて海に逃れたいわば難民で、汽水湖の中に散在した島々のひとつに、やっとの思いでささやかな住居をかまえることができたのだから。

こうした島のなかには、そのままぐんぐん発展したものもあれば、人間が消え、廃墟《はいきょ》だけが残ったものもあった。ヴェネツィアはもちろん前者のひとつで、やがては発展と比例して島が手ぜまになった。周囲が埋め立てられていって、いくつかの島が合わさり、大体、中世のころに現在のヴェネツィアのかたちができたといわれる。当然のことだが、埋め立てといっても、東京湾みたいに、やみくもにゴミや土を投入したのではなくて、ちょうど清水寺の舞台のような木組みをすこしずつ、島の周囲に構築しては、徐々に島をひろげていったのである。

イタリア旅行協会の赤い表紙の案内書には、ヴェネツィアの島が中世から今日のかたちに発展するまでの過程を示す地図が時代順に四枚、示されている。それによると、いくつかあった島には、サン・マルコとか、サン・ザッカリア、サン・モイゼといった教会があって、それぞれの島はその教会が捧《ささ》げられた聖人の名で呼ばれた。島々の名はいまも、ヴェネツィアの古い地区の名称に残っている。

そんなヴェネツィアが、まだ本の挿絵にある小さな島のように淋しかった七世紀に、すでに経済の中心としてあたり一帯に威力をふるっていた島が汽水湖の中にあった。それがトルチェッロで、この島がどれほど重要だったかについては、本土からここに司教座が移されたことからもわかる。だが、ヴェネツィアが上昇をつづけたのに反して、トルチェッロの歴史はマラリアの流行で急激な下降線をたどり、一時は二万人にも達した人口のほとんどが他の島に移ってしまった結果、たった二世紀ほどのあいだに島はさびれた。「多くのローマ時代の廃墟とおなじ道を、トルチェッロはたどった」と案内書にはある。

しかし、一九六八年の夏、アルベローニにいた私がトルチェッロについて知っていたのは、ただ、そこにはたぐいまれなモザイクのある古い教会が存在するということだけだった。あたらしい土地を訪れるためにまず案内書を読んで準備する習慣を、私はまだ身につけていなかった。

三

しばらくじっとしていると目が暗闇《くらやみ》に慣れて、ほのぐらい祭壇のうしろの丸天井のモザイクがうっすらと金色に燦《きら》めきはじめた。天使も聖人像もない背景は、ただ、くすんだ金色が夕焼けの海のように広がっているだけだった。それが私には天上の色に思えた。金で埋められた空間の中央と思われるあたりに、しぶい青の衣をまとった長身の聖母が、イコンの表情の幼な子を抱いて立っている。聖母も、イコン独特のきびしい表情につくられていた。その瞬間、それまでに自分が美しいとした多くの聖母像が、しずかな行列をつくって、すっと消えていって、あとに、この金色にかこまれた聖母がひとり、残った。これだけでいい。そう思うと、ねむくなるほどの安心感が私を包んだ。

教会の中にいたのは、長い時間ではなかった。長くとどまっていられないほど、聖母の印象がつよかったからだ。外に出ると、私はいそいで、あっけらかんとした夏の午後を目と肌で確認した。太陽に灼《や》かれたヒマワリが大きな首をたれて、しおれていた。草の中では、コオロギがすだいている。なにもかも、ふつうの夏の午後だった。どっしりした、たのもしい丸みのある後陣の壁には、ところどころに野生のキンギョ草が黄色い花を咲かせて風に揺れていた。ごつごつしたそのローマ式の煉瓦《れんが》の外壁からほんの数メートルの内側に、あの聖母像が隠されていることなど、だれが想像できただろう。

きつい照り返しの午後の太陽が傾きはじめて、もう閉めますから、と堂守が鍵《かぎ》を手にやってくるまで、私は、なんども暗い聖堂に戻った。会堂と祭壇の部分がロシア教会のように仕切りで別《わ》けられていることや、アンボーネと呼ばれる説教台があるのも、これまでにもいくつか訪れたバジリカ様式の教会堂と変らなかった。高いところに並んだ縦長の窓には、むかしは、大理石の一種であるアラバスターをうすく剝《は》いだ石片が塡《う》められていて、ちょうど障子のような黄色がかった光が、会堂に集まった聖徒たちの捧《ささ》げる祈りや歌のうえに注がれたはずだった。古くなった木の天井から洩《も》れた水が滴《したた》ってできたのか、二年ほどまえにこの島を襲った洪水のあとなのか、ひびわれたモザイクの床のあちこちには汚水が黒く澱《よど》んでいた。

こうやって、ひとつひとつ、窓や説教台、そして入口の扉の上にある有名なモザイクを見て歩きながら、私は、ときどき、じっと見つめてはいけないもののように、祭壇のうしろの聖母に目をやった。子供のとき、神社でもらった護符を開けると、目がつぶれると祖母にいわれた、その目がつぶれるということばが遠い時間から戻ってきた。私は聖母を囲んでいる金色の燦めきをあたまに納めると、外に出て夏を探し、夏が大きな安全ピンのように魂をしっかりとからだに留めてくれると、また中に戻った。

時間が来て堂守の男がずっしりと重そうな鍵束をもってきて聖堂を閉めたとき、私はむしろほっとした。これでいい。そう思って、私は、船着き場につづく運河沿いの道を歩き出した。夏草のあいだを流れる細い運河の水に、夕焼けがうっすらと一日の名残の色を映しはじめる時刻だった。だが、桟橋に着くと、気が変った。乗るつもりだった船のあとに、もうひとつ、最終便があるはずだった。それまでの一時間ほどを、聖母像のあるこの島にとどまっていたかった。

ゆっくりと船が着岸して、何人かの旅行者が足早に桟橋を渡って行ったが、その船が出てしまうと、船着き場にはもうだれもいなかった。切符を買った小屋も、いまは空っぽで、もし一時間あとに来るはずの最終便の船がなにかの都合で来ないということにでもなれば、宿らしいものもなさそうなこの島で、どうしてよいのかもわからなかった。

ねぐらに帰るのだろう、夕方の鳥が空を渡っていったあとは、運河の口に波がとぽんとぽんとあたる音だけが残った。満たされる、ということばにつづいて、もうひとつの聖堂が記憶の底で点滅した。

四

その大聖堂は浅い木立の中にあった。松、だったようにも思う。高みにたつ大聖堂が帆をいっぱいにあげた船に見えたのは、たぶん、あれがはじめてだった。十一月の曇り空に石の白さがきわだっていた。

私たち、五日まえに結婚式をあげたばかりの夫と私、ミサの司式をひきうけてくれた司祭のダヴィデと、ダヴィデの友人で建築家のトマジッチ夫妻が聖堂の戸口に立つと、音に驚いたコウモリがぱたぱたと宙に舞った。ここだけは見せておきたい、そういって、トマジッチ氏が四十キロ近い道のりを車でこの荒れはてた大聖堂に案内してくれたのだった。

教会として使われなくなって久しい聖堂の床は、どの廃墟《はいきょ》もそうであるように、周囲の地面より少し低いところにあって、そのため、中にはいるには、すりへって角が丸くなった石の小さな階段を数段、降りなければならなかった。

床を見なさい、床だよ。まるで自分が発見したみたいに、司祭のダヴィデが興奮して叫んだ。結婚式の司式はたのんだけれど、と私は不機嫌だった。いったい、この人はどこまで私たちといっしょに来るつもりなのだろう。

式のあと、当時のユーゴスラヴィアとの国境から遠くないウディネの町のはずれの、むかしは修道院だったという丘のうえの古いペンションで、ミラノからいっしょに来てくれた友人たちがささやかな披露宴を私たちのためにひらいてくれた。彼らが朝いちばんの列車でミラノに発《た》ったあと、もうひと寝入りと思っていると、だれかがドアをノックして玄関に神父さんが見えてますと告げられた。八時をまわったばかりだったが、なにごとかと着がえもそこそこに降りて行くと、前夜、遅くまでいっしょにさわいでいたダヴィデだった。

友人が案内するといっているから、行きたいところをいいなさいと、いつもの命令調でダヴィデがどなると、そのうしろで、トマジッチ夫妻がにやにやしていた。山里のペンションでふたりだけの日々を過ごす夢は、夫が親友のダヴィデに司式を頼んだ時点で崩れ去っていたのを、もっとはやく自覚すべきだった。いまになってそれに気づいた私は、あなたと結婚したんで、ダヴィデとじゃないわ、と夫をこまらせた。夫がつとめていた書店は、ダヴィデが創立したのだったから、ダヴィデにとって、夫はいつまでも、大切な、でもやはり彼の所有物なのかもしれなかった。

三人四脚というのか、おかしな五人旅はこうしてはじまった。

建築家トマジッチ氏は、私たちが結婚式をあげたウディネの都心に事務所をもっていて、彼も奥さんのガブリエッラも、そろそろ四十に手がとどく年齢だった。ガブリエッラはミラノではめったにみられない、白髪かと思うほどのブロンドで、そのことが、自分たちが遠い地方に来ているのをひしひしと感じさせた。じっさい、私たちの泊まっていたペンションの丘からは、スロヴェニアの森が黒く望めたし、トマジッチという苗字《みょうじ》がスラヴ系なのは歴然としていた。

三十五と三十二歳という自分たちの年齢は棚にあげて、私は、やはりダヴィデの司式でトマジッチ夫妻が結婚したのもたった一年まえだったと聞いて、どうしてそんな年齢までいっしょになるのを待ったのか、知りたい気がした。ただの好奇心というより、腑《ふ》におちなかったのだ。長身でスポーティーな感じの彼にも、骨太で白い肌がぱさぱさしたようなガブリエッラにも、どこか仲のよさを誇示するような身ぶりが目についた。ふたりは、始終、冗談をいったり、肩を抱きあったりするのだが、どうしてかそれが、かえって私を不安にした。トマジッチ氏がまずはしゃいで、ガブリエッラがそれに乗った。

私の不機嫌に気づいているのかいないのか、政治運動にのめりこんで、彼の故郷とはいえ、ミラノから辺境といってよいウディネの教会に移され、不遇をかこっていたダヴィデは、私たち夫婦といっしょにいられるのがうれしくて、ひたすら有頂天だった。

大男のダヴィデが小学生みたいに上気した顔で私たちに指さして騒いでいる、でこぼこした床の表面は、基本色が青と白に統一された古いモザイクにいちめん被《おお》われていた。聖堂の床ぜんたいが海に見立てられ、数えきれない種類のサカナが、色がまだらな大理石の小片の波間を泳いでいた。むかし、預言者ヨナをいっぱつで呑《の》みこんでしまったクジラも、使徒ペテロが夜っぴて網を投げつづけたガリラヤ湖の朝、キリストが波の上を歩いてきたとたん、ごっそりとすなどられてしまった私には名のわからない淡水魚たちも、アドリア海のカタクチイワシも、エーゲ海のマグロも、タコまでがいた。船もあった。運河を航行する底の平たい舟も、奴隷《どれい》をのせたガレイ船も、帆に風をはらんで、ノアの箱舟とスピードを競っていた。

現在はすっかり内陸の町になってしまったアクイレイアだが、古代では、町を流れるナティッサ河畔に築かれた港に賑《にぎ》わいが絶えない都市で、北ヨーロッパの国々を地中海に結ぶ交通の要所だった。バルチック海沿岸で産出された琥珀《こはく》が、東ヨーロッパを通って陸路、あるいはダニューブを船で運ばれてアクイレイアに、さらにここを過ぎて海路、ギリシア、あるいはフランスやイギリスなど西欧の国々に運ばれたからである。ジュリアス・シーザーはアクイレイアをローマ直轄《ちょっかつ》の植民地に定め、ローマ教会にとっても十一世紀ごろまでは、信仰の伝播《でんぱ》が目当ての、あるいは異端の侵入を防ぐための重要な拠点としていくつかの特権を許され、この町の司教はローマから厚く遇された。商業の町アクイレイアは、水辺の町、海に通じる道でもあった。

それにしても、このおびただしいサカナの群れを大聖堂の装飾に持ち込んだのは、いったいどういう連中だったのだろう。サカナを食卓に運ばせる側の人たちだったのか、運ぶ側だったのか。ラヴェンナの聖アポリナーレ・イン・クラッセとおなじ様式の、二層の構造をもつ天井とこの床のあいだにぴんと張りつめた内部空間の高貴な美しさとは対照的に、庶民の遊び心がちらつくモザイクのサカナたちを、私は敬意を表して眺めた。いずれ、ふたりの旅を終えてミラノの家に帰ったら、私を待ちうけているのは、もちろん、サカナたちを食卓に供する側の生活であるはずだった。私たちは、どんなサカナを描くことになるのだろう。

　五人で旅行したんだってねえ。ミラノに戻った私たちは、そういって書店の仲間にからかわれた。アクイレイアのあとも、トマジッチ氏とガブリエッラは、まるで他にはなにひとつ用のない人たちみたいに、つぎつぎと新しい町や土地をえらんでは、私たちを案内してくれた。餓鬼大将じみたダヴィデが、ときにはみぞれまじりの寒風に黒い僧服のすそをひるがえしながら、いつも先頭に立っていた。トルメッツォ、ジェモーナ、チヴィダーレと、カルニア地方の山の町を、私たちはつぎつぎにたずねた。だんなさまは、いま、役所においでじゃな、とこの地方だけに残った古風なイタリア語で弁護士の夫の不在を告げてくれた、これもダヴィデの古い友人の家を前触れもなしに訪れたのは、山を越えて行った小さな町だった。十二世紀の尼僧《にそう》たちが刺繍《ししゅう》したという、白い麻に光沢のある白い絲《いと》で縫った祭壇かけを、だれもいない博物館の陳列箱にみつけたのは、昼間もしんとしたチヴィダーレの街を歩きまわった日だった。なにを見たのか、どこに行ったのか、憶《おぼ》えきれないうちに、休暇は終りに近づいた。

きみのふくれっつら。ずっとあとまで、夫はあの奇妙な新婚旅行を思い出して、私をからかった。そのたびに、アクイレイアの聖堂の床の、波をくぐって泳いでいたサカナの大群が、記憶のなかできらきらと光った。大聖堂に聖母像があったのかどうか、いまでも、サカナだけに気をとられていた自分が、ふしぎに思える。

五

トマジッチ氏はもうずいぶんまえにガブリエッラと別れた。そうダヴィデから聞いたのは、夫が死んでまもなくのころだった。ムジェッロ街の家にこもって、外に出ようとしない私を見舞いに訪ねてくれて、雑談のついでみたいに、ダヴィデはその話をした。なんだ、いままで知らなかったの、とダヴィデは呆《あき》れ顔をしたし、私は私で、どうしてもっとはやく教えてくれなかったのよ、と不服だった。とはいうものの、私たちはとっくに文通をやめていた。あの旅からたった五年半しか経《た》っていなかった。

結婚したばかりの私たちと連れだって旅行したあの年の夏に、ガブリエッラは早産で赤ん坊をなくしたのだった。それが、けっきょくは、あのふたりの結婚をねじくれさせてしまったんだ、とダヴィデがいった。またすぐに生まれるさ、と最初はたかをくくっていたトマジッチ氏も、ガブリエッラの年齢もあって、まずは希望がないと知ると、なんとなくしょげてしまった。ガブリエッラは、しょげたトマジッチ氏をどうなぐさめていいのかわからなくて、その子を失ったことで自分をせめつづけた。息ぐるしくなったふたりの生活は、トマジッチ氏がもうひとりの女に出会ったことからあっけなく崩壊した。

亜麻糸のようにぱさぱさしたガブリエッラの白い肌を私は思い出していた。白髪にみえるほどのブロンドの髪が、アドリア海の灰色の波を渡ってくる風に乱れ飛んでいた。

トルチェッロの桟橋の土手の草むらにうずくまって、私はヴェネツィア行きの最終便を待っていた。かん高い鳥の啼《な》き声はもうしずまって、海に浮かんだ桟橋が高く、低く、波に揺れて、そのたびにぎいっとくぐもった音をたてた。もしも、最終便が来なかったらどうしよう。太陽が波のむこうに沈みはじめたとき、私はもういちど、考えた。一瞬、島にとりのこされるかもしれないという、あるはずのないことが、むしょうに怖《おそろ》しく思えた。

なんだ、そんなこと。もうひとりの自分が、低い、うなるような声でいった。ここに、じっとしていれば、じっと待っていれば、いいんだ。

サフランの色に暮れかかった水平線に、水滴のような明りがぷつんと現れて、すこしずつ大きくなった。きっと、ヴェネツィア行きの最終便だ。

海をへだてた小高い松林の丘には、アクイレイアの白い大聖堂が夕陽をうけて燦《きら》めいているはずだった。

ザッテレの河岸で

一

大運河のアッカデミア前で「ぽんぽん蒸気」（まさか現在、蒸気船であるはずはないのだけれど、ヴェネツィアの人たちはいまも愛情をこめて水上バスのことをそう呼んでいる）を降り、ドルソドゥーロ地区を横断するかたちで五分ほど歩くと、思いがけなくひろびろとした明るい水面が、淡い秋の午後の光をうけて目の前に開けた。イタリア人にことのほか愛されている十八世紀の風景画家フランチェスコ・グアルディがくりかえし描いているジュデッカ運河である。どこに行っても大小の運河やカッレと呼ばれる暗くて細い石畳の路《みち》がせせこましく入りくんでいて、迷路にまよいこんで出られなくなったような気にさせられてしまうヴェネツィアに慣れた目には、この運河のおだやかで日常的な明るさにほっとこころがなごむ。約三〇〇メートルの幅というから、大運河の五倍から十倍ちかくの広さの水が、もうすぐそこが海という地点をゆっくりと流れている。夕方近い時間のせいもあっただろう、ザッテレ、渡し場、と単純に呼ばれるその船着き場からは、ざぶんざぶんと景気のいい波音を立てて、リドや対岸のジュデッカ島、サン・マルコ広場や中央駅など、舷《ふなばた》にそれぞれの行き先を記した定期船がつぎつぎと発着していた。

今日は観光客があんまり行かないところに連れてってあげる。

ヴェネツィア生まれでヴェネツィア育ち、現在はヴェネツィア大学の日本学研究所の研究、企画から運営までを一手にひきうけて全ヨーロッパの日本研究者からたよりにされているアドリアーナは、夢鳥の浮き巣のようなこの海の都を私が訪れるたびに、そんなことをいいながら、出不精の私をひっぱってあちこちめずらしい場所に連れていってくれる。数年来、すくなくとも一年おきに私がこのまちに立ち寄るようになったのも、講義をたのまれたり、シンポジウムに出席したり、どれも彼女に招待されてのことが多いところから、自然、いっしょに街を歩くことになる。

その日も、アドリアーナは私の宿泊先のホテルまで送ってきてくれたのを、まだ時間があるから、このザッテレの河岸を散歩しようということになったのだった。このところ私が定宿にしているホテルに隣接したアッカデミア美術館を右に見て、運河を埋め立てた広い通りをまっすぐに行くとジュデッカ運河に出る。その運河に沿って、ほとんど岬の先端にあるサルーテ教会の方角にすすむと、十九世紀の初頭まで塩の倉庫だったという、どっしりとした建物が行く手に見えてくる。まるで絵巻物のように賑々《にぎにぎ》しく大運河の両岸を飾る商館や貴族の館《やかた》のきらびやかさはないが、塩の貯蔵という具体的な用途によく似合う、頼もしさのある建築だ。塩は穀物とともに、中世から近代にかけてのヴェネツィアの経済を支える重要な要素のひとつで、そのため共和国の直接の管理下におかれていた。海の税関（もうひとつ、内陸の交易のための《陸の税関》というのも大運河地区にある）の隣接地にあるのはそのためだと、アドリアーナが説明してくれた。

ヴェネツィアには、土地の人がリオと呼びならわしている細くて小さな水路に架かった、反り橋というのだろうか、舟が下をくぐって通れるようにやさしくふくらんだ形の、そして上を通る人のためにゆるい段々のついた橋が無数にある。リアルトやアッカデミアなど、大運河の橋のように固有名詞で呼ばれることもあまりないし、ほとんど道の一部みたいになっているから、とくに目立つこともないのだが、それぞれの形や材質には造られた時代の好みが出ていて、その工夫が愉《たの》しい。そんな橋のひとつを、もうすぐ塩の倉庫というあたりで渡ろうとしていたときだった。橋のすぐ手前の、バラだろうか、蔦《つた》のからまった低い煉瓦《れんが》塀に、細い水路の名が書かれてあるのが目にとまって、私は足をとめた。Rio degli incurabili. リオ　デリ　インクラビリ。

リオはいい。だが、そのあとにつづくincurabiliという標記が私の足をとめたのだった。インクラビリ。治癒のあてのない、もう手のつくしようのない病人を意味する言葉なのだが、最初それを見たとき、私はおもわず笑ってしまった。なおる見込みのない人たちの水路。なんだか自分のことをいわれてるみたいだった。だが、とっさの不謹慎な思いを押しのけるようにして、インクラビリという、冗談では済ませられない言葉の重さが、胸を衝《つ》いた。

RIO DEGLI INCURABILI! 大声でリオの名を読みあげると、私は先に立って歩いているアドリアーナの注意をうながした。どういうことなの、これは。

ぽんと返ってきたアドリアーナの返事は私の当惑を深めるだけだった。え？　立ちどまると、彼女はまったくなんでもない、というふうにいった。ああ、むかしここにそういう名の病院があったのよ。それだけ。

それだけって。答えながら私は思った。治癒の見込みのない人たちの、などという名の病院がこの世にあっていいものか。それも、近年世間でもてはやされているホスピスといったユートピア的なニュアンスからはほど遠い、暗い中世の匂《にお》いにすっぽりと包まれていて、気味がわるい。だまって見過ごすにはあまりに強烈な「匂い」だった。


ヨーロッパの国々、とくにフランスやイタリアでは、《病院は死にに行くところ》、《病院に入れられたら、もうおしまい》という考え方が、船底にこびりつく頑固なフジツボみたいに、人びと、ことに貧しい階級の人たちのあいだに根づよくはびこっている。私はそういう人たちが病院を毛嫌いするのを何度か見聞きして、子供じゃあるまいしと、はじめは滑稽《こっけい》にさえ感じたのが、ながくイタリアで暮らすうちに、だんだんとその背後にある社会史的な事情がのみこめるようになった。

たとえば『シラミとトスカナ大公』*1というイタリア中部の公衆衛生の歴史につい

て書いた本のなかで、著者のカルロ・チポッラは、十七世紀のトスカーナ地方の医療制度について、こんなふうに述べている。「富裕な人々が病気になった場合には自宅で治療を受けるのが普通であった。病院はもっぱら貧しい患者たちのためにだけ存在していた」

中世以来、ヨーロッパの病院は《上層》の人たちのお声がかりで《貧乏人》のために設立され、前者の《慈悲心》あるいは《秩序志向》（そして分類癖）を満足させるために経営されてきた。もちろん、そのなかには、やさしいこころ、寛大な性向、深い信心や高潔な意志に支えられて病人の世話にあたった多くの英雄的な聖者たちや果敢な施政者がふくまれていたことも、忘れてはならないのだろうけれど。

しかし、貧しい人たちの側からいってみれば、事情はもっと複雑で悲惨だ。重い病気にかかると、彼らは有無をいわせずそのまま《病人の家》に送りこまれ、親族はもとより、ふだんの生活、彼らが愛着をもっていた家具、そこから入ってくる陽ざしで一日の時間がわかる窓、道路の音がほんのそこに聞こえる部屋、あちこちがへこんだ粗末な金属の食器、叱《しか》っても叱っても泣きわめく子供たちの声や、手を病人のひたいにそっとあてて熱が下がったかどうかをしらべにくる《かれの女たち》

の肌の感触やためいき、そういった些細《ささい》といってしまえばそれまでだが、病人にとってはかけがえのない日常であるすべてからも、貧乏人は切り離されてしまったのである。

リソルジメントという政治革命は経ても、社会革命についてはほとんど考える準備のないまま近代に突入してしまったイタリアでは、第二次世界戦争の後まで、貧民とまではいかなくても、ふつうの庶民にとってさえ、病院は一種の必要悪でしかなかったようである。できれば家で死にたい、貧しい人たちは、ずっとそう思ってきた。主よ、病院にいる人たちを憐《あわ》れんでください、古い教会の祈りからは、そういった人々の哀《かな》しみがひしひしと伝わってくる。

英語のホスピタルにあたる公営の病院を指すオスペダーレというイタリア語が、この国の人たちにとっては、私たち日本人には迷信的とさえ思えるほど、不吉なひびきをもっているらしいのにも、そんないきさつがあるのだ。小規模で清潔で世話の行きとどいた、したがって目玉のとびでるほど高価な、クリニックと呼ばれるプライヴェートな病院は、庶民のためのオスペダーレとは厳密に区別されていて、金持や有名人はオスペダーレでは死なない。

貧しい階層の人たちは、だから、いまでも「だれかが入院した」というところを、まるで人攫《ひとさら》いに連れて行かれたとでもいわんばかりに、あるいは、いやがるのを無理やりにといった悲しみを胸の奥で嚙《か》みしめているかのように、「だれそれは病院に連れて行かれた」という。警察に《ひっぱられた》という表現にどこか似た、病気の理不尽な暴力に加えて、お上に対する庶民の納得できない憎しみがこめられている。だれそれが入院した、というとき、彼らがおもわず声をひそめ、まるでだれも聞いてないのを確かめるようにあたりを見まわすのも、そういった気持のあらわれかもしれない。

どこの国語や方言にも、国や地方の歴史が、遺伝子をぎっしり組み込んで流れる血液みたいに、表面からはわからない語感のすみずみにまで浸透していることを、ふだん私たちは忘れていることが多いし、語学の教科書にもそれは書いてない。だから、よその国やよその都市を訪れたとき、なにかの拍子にそれに気づいてびっくりする。その土地では古くからいい慣わされていて、だれもそれについてなんとも思わない場所の名などが、旅行者にはひどく奇妙にひびくことがあるのも、そのためだ。小さいときからそれを聞き慣れている人たちにとっては、まったくなんでもない言葉や表現なのに、慣れないよそ者は目をむいて立ち止まる。

おそい午後の運河のほとりで《治癒の見込みのない病人》という言葉があの静かな河岸で私の目にとびこんできたその時点では、その病院がどうしてそんな名で呼ばれるようになったかについての、正確な知識が私にあったわけではない。ただ、かつてそこに収容された人たちのことに思いが及んだだけで、そのままやりすごせない感情に、私は思わず足をとめたのだった。

なおる見込みのない病人って、いったいどういう人たちだったのよ。土地っ子のアドリアーナにとってはバスの停留所の名前ぐらいでしかない言葉にひっかかってもたもたしている私の質問は、うるさかったかもしれない。返ってきたのは、のんびりした、答えにもならない答えだった。さあねえ。

深い返事を期待していたわけではない。それでも、彼女の無頓着さがうらめしかった。ジュデッカ運河の水面が、おそい午後の陽光をいっぱいに受けて、数千の星がまたたくようにきらめいていた。

二

一九八七年にノーベル文学賞を受賞したロシアの詩人でいまはアメリカに住んでいるヨシフ・ブロツキーの作品に《Fondamenta degli incurabili》というタイトルの小さなエッセイ集がある。フォンダメンタというのは河岸の意味で、ちょうど私の目にとまったリオにかかる橋の辺りがそう呼ばれている。帰途、ローマに立ち寄った私に友人がその本をくれたのは、この名に私がこだわりつづけていて、あれは本来どういう場所だったのか、どうしてあんな名がついたのかしらと、会う人ごとにうるさく訊《たず》ねまわっていたからだった。へんなものに、ひっかかってるんだねえ、とその友人は、本屋で見つけたからといって笑いながらその本を手渡してくれた。きみの疑問には答えてくれそうにもないけれど、なかなかいい本だよ。

友人の言葉どおり、ほんとうにいい本だった。じつをいうと、私はそれをもらうまでヨシフ・ブロツキーというロシアの詩人についても、彼が反体制の言動を疑われて労働キャンプで一年だったかを過ごしたあと、七二年には強制的にアメリカに移住を余儀なくされたことも、そして、その十五年後にはノーベル文学賞をもらっていたことさえ知らなかった。そして、この詩人がサン・ペテルブルグの生まれであり、アメリカの大学で教職についている現在は、詩以外の文章はふつう英語で発表していると知ったとき、時代も生い立ちもその後歩いた道も大幅に違ってはいるけれど、私の敬愛するナボコフにどこかつながるものがあるのに（ナボコフは一八九九年生まれ、ブロツキーは一九四〇年生まれだから、《親子ほど》歳《とし》が離れている）まず惹《ひ》かれた。移住者の詩人や作家に私はいつものめりこんでしまう。

出版元のアデルフィは、地味だが洗練された文学書を数多く出しているミラノの小さな出版社で、新書判ほどの大きさのその本は、二、三ページ、長くても五ページほどのエッセイを五十一章つなぎあわせただけの小冊だ。いくつかの章にわたって、ひとつの話が語られる場合もあるし、一章だけで、前後の章とはまったくつながりのない話が独立していることもある。前者に該当するのは冒頭の数章で、彼がはじめてヴェネツィアに来たとき、駅に出迎えてくれたうつくしい女性と運河を舟で渡っていく話が、いくつかの章にわたって述べられている。なにもかもが濡《ぬ》れそぼれた暗い冬の夜の運河を縫って作者を案内するその女性（《わたしのアリアドネ》と彼が呼ぶその人物は、やがて、ごく平凡な、いやどちらかというと退屈な人物とわかるのだが）の神秘的なたたずまいが、すっくと水の上に立ち上がるような文章は、おもわず息をひそめるほどだ。いっぽう、それだけで独立したかたちの章の例としては、やっと一ページほどの長さしかない第二十七章がある。そのなかでブロツキーは、一見、前後の章となんのかかわりもないふうに、自分がいつか見た写真の記憶、ドイツ軍によるリトアニアの兵士の銃殺の場面を、死んでいく痩《や》せた若い兵士たちのこころの震えがじかに伝わってくるような生々しさで描写している。

しかし、作品ぜんたいを通して著者はいったい、なにをいおうとしているのか。過去十七年にわたって、毎年、冬になるとひと月だけ彼が休暇を過しに行くというヴェネツィアが主役のようにも見えるが、もちろんそれだけではない。そこで著者はいろいろな人に出会い、いろいろな話を耳にし、めずらしい風物に接していろいろなことを考える。絢爛《けんらん》たる絵画と緞帳《どんちょう》とシャンデリアが目を奪う館《やかた》の広間から広間へ案内されるうちに、ふと迷いこんだ人気のない部屋で、自分が幽霊になってしまう不思議な経験が語られる。旅行者でごったがえす夏、腐臭が海を覆《おお》うトマス・マンの夏でなくて、「生きることが、より現実味を」帯び、すべてが「より個体化していて、より透明」な冬のヴェネツィアで、ブロツキーは詩が、あるいは文章を書くということが、自分にとってなにを意味するか、思索する。

だが、正直いって、Fondamenta degli incurabili という表題の意味がまず気にかかっていた私は、それについての説明なり物語なりがどこかに挿入されているにちがいないと、落着かない気分で読みすすんでいった。だが、まったく意外にも、表題としてなんどかくりかえされているこの名が本文中に出てきたのは全編を通じてたった一回だけなのである。それも、ある年、著者とおなじ時期にヴェネツィアに滞在していたスーザン・ソンタグに頼まれて、詩人がエズラ・パウンドの未亡人オルガ・ラッジの家でのパーティーに同行して、たとえようもなく退屈でばかげていたという（オルガ夫人の陳腐さが、だ）話の、なにげない結びのようにして。

「その家を出て、左へ曲り、ものの二分もするとぼくたちはフォンダメンタ・デリ・インクラビリにいた」

なあんだ、というのが、最初の感想だった。もしかしたら、ブロツキーのこの小さな本は書くことそのものがこの詩人にとって《治癒の望みがない病》という暗喩《あんゆ》なのだろうか、そうも考えてみた。

だが、それをあたまのなかで転がしているうちに、もうひとつの可能性に気づいた。おなじエズラ・パウンド未亡人のパーティーについての章で、戦後、パウンドがファシストとして糾弾された事実を、あれはひどい誤解だったわねえと笑ってごまかそうとする夫人を、ブロツキーは皮肉たっぷりにするどく批判している。それに先立つ章が例のナチによる銃殺の話だから、作者はもしかしたらヒトのなかに根づいているファシスト的な性向の比喩《ひゆ》として、「治癒の見込みのない病気」という言葉を引用したのではなかったか。しかも、凍りつくような夜の道をいっしょに歩いたのが、ラディカルな批評で知られるスーザン・ソンタグなのだから。

こう考えていくと、ブロツキーがこの本を書いたのと同年に受賞したノーベル賞の記念式典での彼の講演にあるつぎのような言葉は、とくべつな重さをもつようにみえた。「専制国家における殉教者や精神の支配者となるよりは、民主主義における最低の落伍者《らくごしや》になったほうがいいと考えて、［私は］ついに祖国からも遠く離れてしまった*2」

ブロツキーの小さな本を読んだことは、たしかに大きな拾い物だった。ぜんたいをとおして光を放つ鋭い詩人の感覚が、ヴェネツィアの冬のつめたい美しさを浮かびあがらせていて、それだけでも比類ない作品だし、この本が暗示する隠喩《いんゆ》の深さに救われる思いをするのは私だけではないだろう。だが、私自身のincurabili探究に関するかぎり、それをくれた友人もあらかじめ注意してくれたのだったが、この作品からあたらしい情報を得ることはなかった。

三

アドリアーナとザッテレの河岸を歩いた日から二年後、三月も終りに近いころに、私は再度、ヴェネツィアをおとずれる機会にめぐまれた。一九九〇年のことで、一月からローマに滞在していた私は、こんども彼女の招きでヴェネツィア大学が主催したシンポジウムに出席したのだった。

春のおそいこの町にしては陽ざしのなごやかな日曜日で、前日に仕事を終えていた私は午後いちばんのミラノ行き特急に乗る予定だった。発車時刻まで、それほどゆっくりはできないけれど、すぐ駅に行ってしまうのはもったいないというぐらいの時間があって、駅まで送るといっていっしょに来てくれたアドリアーナと私は、市営カジノで開催中の展覧会を見ることにしたのだった。テーマは《ヴェネツィアのコルティジャーネ》。めずらしい題材をとりあげたということで、新聞などで評判になっていた。

コルティジャーネ。この言葉の語尾をコルティジャーニと男性形に変えると、宮廷人や貴族の意味になるのだが、女性名詞の場合には、日本語でふつう《高級娼婦《しょうふ》》というおよそ詩的でない訳語があてられる。とはいっても、元来、イタリア語のコルティジャーネは、かならずしも《娼婦》を意味したのではなくて、宮廷に仕えた女性を一般的にいう言葉だった。そのため、イタリアで、たとえば日本の紫式部や清少納言《せいしょうなごん》の文学について話すときは、ふつうコルティジャーネの文学というふうに使われて違和感はない。この言葉が娼婦を意味するようになったのは、十六世紀のイタリアの宮廷で美と才をもてはやされた、ある特殊な種類の女性たちに由来する。

この人たちを《ただの売春婦》と区別するために、日本語ではわざわざ《高級》という形容をつけるのだが、それは彼女たちが交際の相手にえらんだ男性がおおむね貴族や教会の高位聖職者に限定されていたからでもあるが、なによりも、彼女たちの多くが、ギリシア、ラテンの古典はもとより、イタリア文学や（当時はまだおもに詩だった）哲学、そしておそらくは神学にも精通していて、そのうえ楽器を奏し、歌がうたえるなど、文化のあらゆる分野にわたる教養を身にそなえていることが肝要であった。ようするに、美貌《びぼう》だけでなく、教養のある男性と同等に会話を愉《たの》しめるというのが「高級」であることの必須《ひっす》条件だったのである。本人がこれと思った相手には、当然とはいえ肉体の快楽をも彼女たちはかなり「奔放に」、しかしあくまでも自由に、提供したと考えられ、それをとおして得る、かならずしも金銭とはかぎらない報酬が、彼女たちに経済的な潤《うるお》いをもたらしていたことも、事実ではあるらしい。富を誇り、権勢をふるう愛人たちのきもいりで、つぎつぎと贅沢《ぜいたく》な館《やかた》をあてがわれたコルティジャーネの記録も残っている。

なかでも十六世紀ヴェネツィアのコルティジャーネはイタリアの文化史上、無視するわけにいかない。ティツィアーノやティントレットをはじめ、この時代に数々の傑作を残したヴェネツィア派の画家たちは、競って彼女たちの容姿をモデルにした。また、これ見よがしに豊かな胸を露《あら》わにした、オリエント好みの豪奢《ごうしゃ》な絹の衣裳《いしょう》、前髪を捲《ま》いて動物の角のような二本の奇妙な突起に仕立てた特徴のある髪型などでそれとわかる彼女たちは、多くの銅版画にも「英姿」をとどめている。

だが、絵姿だけではない。十六世紀、ルネッサンス後期に輩出したイタリアの女性詩人の何人かは、ヴェネツィアのコルティジャーネだった。なかでも、いちど結婚はしたが医師だった夫と別れ、「たぐいまれな頭脳と才能」を駆使して若い貴族たちのたましいを奪い、コンスタンチノープルの帰途、ヴェネツィアに立ち寄った、のちのフランス王（ヴァロワの）アンリ三世に乞《こ》われてともに一夜をすごし、画家のティントレットとの浮名をもうたわれたというヴェロニカ・フランコ（一五四六—九一）、ミラノの宝石商の家に生まれたが、父親の死後、ヴェネツィア人だった母親の意志によってコルティジャーネの道にすすみ、著名な師匠のもとで習いおぼえた詩と音楽にも卓抜な才能を示しながら、三十一歳の若さで夭逝《ようせい》したガスパラ・スタンパ（一五二三—五四）らは、文学史上にもその名をとどめている。彼女たちが愛人に捧《ささ》げたペトラルカふうの華麗で悲哀にみちた詩や、装飾性のつよい優美な文章でつづられた書簡は、後世の詩人や小説家の想像力をかきたて、彼らを魅了し、多くの作品を産んだ。

電車の時間が気になっていた私たちは、コルティジャーネをモデルにしたティントレットやパルマ・イル・ヴェッキオなど、濃密なヴェネツィア派の絵が展示された部屋から部屋へ、飛ぶように歩きまわった。これ見よがしなポーズをとった、あるときは一目でそれとわかる服装で、またあるときは厳粛な聖書や神話の題材にひそんで、豊満に、あまりにも豊満に描かれた彼女たちの肉体は、こちらに気持の余裕がなかったせいもあったのもたしかだが、まるで朝から油っこい料理を食べたときのように、胸につかえて、目がちらちらした。

もうすこしで出口というあたりの展示室で、ショウケースに飾られた奇妙な物体が私の注意をひいた。二、三〇センチほどの長さだろうか、動物の骨で作ったものか、単純に木製なのか、白っぽい、虫歯の親分みたいにあちこちが汚く欠けた、上下の部分が平ったくなった、なんともわけのわからない物体が、一対ずつ、まるで貴重品のようなうやうやしさで小さな台の上に展示されている。見るからにいわくありげで、なにやら気味がわるい。だが、近寄って説明文を読むと、どうということはない、この奇妙きわまる物体は、コルティジャーネたちが用いた靴、あるものはその靴にとりつけた「かかと」だったのである。よく見れば、なるほど、私たちが靴の修理店で日常的に目にする、靴のヒールと原則的にはほとんど変るところがないうえ、靴らしく上部にスリッパようの貧弱な布ぎれがついているものもある。展覧会そのものの雰囲気と、色やとてつもない大きさにだまされて、私はスキを幽霊に見まちがえたのだった。

京の舞妓《まいこ》さんたちはこっぽりをはく。花魁《おいらん》道中でも、遊廓《ゆうかく》の富と権勢を象徴する花魁が、曲乗りのように高い履物をはいて、廓《くるわ》のなかを練り歩いた。ちょうどそんな具合にヴェネツィアの娼婦たちも、男の目をひくために、このどこか人骨を想起させる不吉な形のヒールをつけて歩いたというのだ。シナにあった纏足《てんそく》の風習も、故意に歩行を困難にして、女性をひとりでは歩けないほどたよりなげな存在に見せた点では、おなじことだろう。それにしても、こんな「歩きにくさ＝機動性の不自由」を選択したのは、女性自身だったのか、どうだろうか。（もっともヴェネツィアの場合、高いヒールは、アクア・アルタというこの街を間欠的におそう浸水現象のときのために必要だったことから、こんな流行が生まれたともいわれるのだが。）思いがけないところで東西の一致点をみつけて、複雑な気分だったが、この黄ばんだ人骨を思わせる物体が発散する鬼気というか一種のうす気味わるさは格別で、私はこころならずも、華美なコルティジャーネの生活の裏側をのぞき見てしまったようで、気がめいった。

最後の展示室は、もっと陰鬱《いんうつ》だった。彼女たちが病を得て収容された施設の見取図や、それらの設立にさいしての法律や寄付にまつわる文書類が展示されている。だが、それをいちいち読んでいる時間はなかったし、その先には、医師が治療に用いた外科器具までが展示されていて、もういい、これくらいで、と思った。一刻もはやくその場を離れたくなった私たちは、じっくりと終りまで見ないで、展覧会場をあとにした。

四

デジャ・ヴュというフランス語を最近、雑誌などでよく見かけるようになったが、どこかそれに似てなくもない現象に出会って、愕然《がくぜん》とさせられることがある。それは、たとえばこんなふうに起きる。本を読んでいて、あるいは散歩の道すがらなどで、ぐうぜん目にはいった事柄について、それまでは考えてもみなかった疑問をおぼえたり、興味をそそられたり、感動を喚《よ》び覚まされたりすることがある。対象は本ぜんたいであることもあり、その一部分であったり、ときには、ぐうぜん通りかかった道の名にすぎないこともある。ここまでは、だれでもに起ることだろう。しかし、私の場合はそこで終らない。それはこうである。本で読んだり道で見たりしたその瞬間には、あ、そうか、ぐらいで済むのだが、どういうものか、それからまもなく、たとえば数日とか数時間、ときには数週間をおいてから、こちらの意志とはまったく関わりなく、ふたたびおなじ事柄に別の本のなかでばったり出会ったり、それが人との会話に出てきたりして、自分ではほとんど忘れかけていた興味なり感動なりが、再度、喚び覚まされるのだ。しかも、それが一度とはかぎらないで、くりかえし、おなじことが起る。ぐうぜんといえばぐうぜんなのだろうが、こちらがそんな経験をもったことを知っているはずのない人から、その事柄についての本をもらったり、こちらが訊《たず》ねもしないのに、そのことが相手の口にのぼったりして、えっ、どうしてなの？　と驚く。まるで物事の背後に目に見えないネットワークとか電線がひそかに敷かれていて、それがこちらの興味のおもむく方向を本人である私の知らないまに把握し、支配しているのではないかと疑ってしまうほど、なんともいえない奇異の感に打たれるから、「知識は連なってやってくる」といいたくなるほどだ。どこかで陰謀を練っているヤツらがいるに違いない。

アドリアーナといっしょに見た展覧会がまさにその方式で「あとを引いた」。とくに、私には醜悪としか思えなかった、娼婦《しょうふ》の靴のヒールを飾った部屋が、意識の片隅に暗くいすわって、私を困らせた。

やがて日本に戻ってきてからも、私は、ヴェネツィアの娼婦について、ときおり考えることがあった。なかでも、ヴェネツィアのコルティジャーネと、貴族、文人にもてはやされた人たちの生涯と、あの日、最後の部屋で見た病院についての文書類がどうつながっているのか、私はもっと知りたかった。あの展示室の陰惨さは、いったいなんだったのだろう。

ともすると私のなかでは、絹とレースの豪奢《ごうしゃ》な衣裳《いしょう》に身をつつんだコルティジャーネの姿に、ずっとむかし、パリで見た溝口健二の『西鶴《さいかく》一代女』のラストシーンの、老いさらばえ病みほうけたお春の姿が重なり合おうとしていた。いや、それではまるで因果応報の説話ではないか。私としては、見えすいてロマンチックめいた「コルティジャーネの末路」もどきのストーリーに、できることなら抵抗したかった。家で読みなおしてみた彼女たちの詩は、遂げられない恋や死のレトリックに満ちてはいても、精神の落魄《らくはく》を暗示するようなものはなかったし、ティツィアーノやティントレットが競ってそのあで姿を描き、彼女たちの優雅な詩行のかずかずが文学史のページを飾った、あるいはセネカを読み、ペトラルカを諳《そら》んじ、マドリガーレや、もしかしたら、当時イタリアで流行《はや》ったというジョスカン・デプレのシャンソンやモンテヴェルディのアリアを歌ったかもしれない、艶麗《えんれい》で怜悧《れいり》で富貴をきわめた遊女たちの生涯の果てに病気や落魄や改悛《かいしゅん》をもってくるのは、どう考えても安易すぎるようにみえた。

むろん、あわただしい東京の日常でこのことばかり考えていたわけではない。図書館や書店に行くことはあっても、いつも他に調べること探すことがあって、ヴェネツィアの娼婦にまでは手がまわらなかった。彼女たちが栄華をきわめた十六世紀が、ふだんの私の興味対象からはずれていたことも、私をこのことから遠ざけていた理由だった。

そんなある日、友人から、こんなものを訳しました、時間があったら読んでくださいといって、一冊の本が送られてきた。それが『ルネサンスの高級娼婦』*3だった。

あ、また例の「ネットワーク」が動き出したな。そう思うと、なにやら胸がときめいた。

ポール・ラリヴァイユというフランスの歴史学者が書いたこの本は、二次的な資料が多くて、研究書としてはまあまあの出来だろう。ただ、あのヴェネツィアの展覧会で私がうっかり見過ごしたのか、主催者が説明を怠ったためだったのか、あれ以来、煙のように私のなかでくすぶりつづけていた疑問に答えてくれた点では大いに役立った。きらびやかなコルティジャーネの生涯と、あの最後の展示室を通りすぎたとき、ひんやりと伝わってきた零落の気配とはどうつながっているのか、関係がないのか。

ラリヴァイユの結論は簡潔で明瞭《めいりよう》だった。ヴェネツィアのコルティジャーネには、はっきりと区別された二つのカテゴリーがあったのである。「高級」と定義されるコルティジャーネは、「コルティジャーネ・オネステ（由緒《ゆいしよ》ただしいコルティジャーネ）」とも称され、もともと極貧の境涯の出などではまったくなくて、高貴とまではいかなくても、経済的にはかなり余裕のある階級に生まれ、ゆったりとした環境に育ち、金をかけて会得《えとく》した芸と教養と美貌《びぼう》を元手に、いわば社交のプロフェッショナルとして、上流階級の男たちの相手をつとめ、階級にとって付随的ではあるが、無視することのできない役目を獲得した女たちだった。日本では、「天皇」の宮廷ということでとくべつ貴い地位にあったかのように信じられてしまうのだが、光源氏をとりまく女性たちと、ヴェネツィアのコルティジャーネは根本的に大差ないといえる。いや、経済的な自立度では、そして思想的にさえ、彼女たちの多くはより「高級」だったとさえいえるかもしれない。

コロンブスの卵めいているが、私が到達したのは、その他大勢の貧しい娼婦たちが、いわゆるコルティジャーネたちとはおおむね別の部類の人々だったという結論だった。それをひとつにつなげたがっていたのは、どうにかして物語を見つけたがっていた私自身なのかもしれない。いや、現在ではメレトリーチとか、プロスティトゥーテ、はてはプッターネといった蔑称《べっしょう》で呼ばれ、《育ちのいい》男女はその言葉自体を口にするのをはばかる職業の人たちを、コルティジャーネ、宮廷の女たち、という体のいいエウフェミスムでくくってみせた展覧会の企画者たちにも、責任の一端はあっただろう。

さきにも触れた詩人でコルティジャーネだった、ヴェロニカ・フランコの場合は、晩年の彼女が罪を悔いてまっとうな生活に戻ったという話が後世につたわった。さらにその話に枝葉がついて、ヴェロニカの改悛は、彼女が老いてから貧窮におちいったためではないかという、まるで卒都婆《そとば》小町のような説話になった。おなじように、三十一歳の若さで病を得て逝《い》ったコルティジャーネ、ガスパラ・スタンパについて、ロマン派の学者たちは、ヴェネツィア近辺の領主でガスパラが一方的な愛を燃やした、コッラルティーノ侯爵《こうしゃく》宛《あて》の厖大《ぼうだい》な数の書簡を材料にして、彼女が満たされない恋に一生をついやし、ついには健康を害して死にいたったという大時代な物語を編み出した。富士に月見草ではないが、まるで零落・改悛は娼婦に似合う、といわんばかりに。

しかし、これらの言いつたえが伝説にすぎないという説が、近年、資料が発見されるにつれてつぎつぎと証明されるようになった。それによると彼女たちのすくなくとも大半は、これといった改悛のしるしも残さず、零落や不幸をも知らないまま、淋《さみ》しくはあったかもしれないけれど、経済的には穏やかな老年を迎えたようである。ちなみにヴェロニカ・フランコの改悛説についていうと、それは彼女が、財産の一部を貧しい娼婦たちの更生のために譲渡したという遺言状の箇条から生まれたらしい。というのも、全体の文面からは、彼女が改悛した徴候などまったく認められず、だいいち、この種の遺言状を残したこと自体、貧窮とは縁遠い環境にあったことを証明しているというのである。

ラリヴァイユはつぎのように書いている。

「ある程度独立して仕事ができたのは高級娼婦だけで、［その他の娼婦たちは］組織に従属してのっぴきならない管理下に置かれるか、手配師たちの専横な気まぐれに大きく左右されるかのいずれかだった」

私は、やっと、華やかなコルティジャーネたちが、最後まで、財政的にはゆったりとした生活を保つことができたという結論にたどりついたようだった。だが、それでは、自分たちが生きた軌跡として、汚れた靴のかかとや、病院の設計図や、寄付の証明書や取締りの立法しか残して行かなかったその他大勢の娼婦たちについてはどうなのか。そのあたりのことを、もうすこし知りたいという私の好奇心は、充《み》たされないままだった。こんどヴェネツィアに行ったら、もうすこし調べてみよう。

私はだんだんコルティジャーネに深入りしそうだった。

五

ヴェネツィアに着いたのは、十一月も終り近い日の夕方で、暖冬の東京になじんだ肌には、ラグーナ（潟《かた》）特有の重く湿った潮風が身をきるようだった。いつこの島に来るかの選択は全面的にまかされていたのに、私はわざわざこのつめたい時期をえらんだ。ブロツキーに影響されたわけではない。十五年近くまえの十二月、学会のために滞在したときの、霧に閉ざされたヴェネツィアをもういちど見たかったからだ。そして今回はめずらしくアドリアーナの招待ではなくて、この島について書く、という友人との古い約束を果たすために、じっくり自分のヴェネツィアを探し歩くのがただひとつの目的だったから、旅そのものが仕事といってよかった。滞在予定は六日、図書館にこもって知りたいことを気のすむまで調べるだけの時間はない（日本でなら自分さえそのつもりになれば可能なのだろうが、よその国では違ったふうに時間が流れていることを、島国の私たちはうっかり忘れてしまう）し、腰をおちつけて暮らしたこともないうえに、自分にとっていわば守備範囲外のヴェネツィアを書くには、私なりの方法で一歩一歩、歩いてみるしかなかった。歴史から除外されたコルティジャーネたちの跡をさぐりたい。歴史家でも社会学者でもない自分にどのような書き方があるのか、まったく見当がつかなかったが、せめて時間の足りなかったあの展覧会で見落としたことぐらいは、拾いあつめたかった。

まず、このあたりから始めよう。そう考えて私は、到着の翌朝、はやばやと宿を出た。ひさしぶりに訪れた冬のヴェネツィアは、思っていたとおり、淡い光とひきしまった空気につつまれていて、それをつらぬいてひびくモーター・ボートの爆音やカモメの鳴き声までが快かった。私がまず足を向けたのは、サン・マルコ広場に面したコッレル市立博物館、目標は一枚の絵だった。『コルティジャーネ』と呼びならわされるこの作品には、大理石の手すりのついた露台で、のんびりと暇をつぶしているふたりの婦人が描かれている。有名なヴェネツィアの娼婦《しょうふ》を描いたものだということで、この絵は観客の好奇心をあつめてきた。だが、その前に立って、この絵の作者が、十五世紀にヴェネツィアで生まれ、十六世紀の半ばに死んだカルパッチョと知ったとき、私はびっくりした。およそカルパッチョらしくない、そう思えたからである。

たとえば、アッカデミア美術館にある『聖オルソラの夢』に代表されるおなじ画家の一連の絵。紀元四世紀に生きたブルターニュの王女の巡礼と殉教の伝説をテーマにした物語ふうの作品で、黒やセピア系が勝った背景のところどころにきわだつ鮮やかな赤や、端麗だがどこか図形化された人々の姿が、私は好きだった。色彩の根本的な明るさはイタリア的だが、細密で、やや様式の勝った画法は、どこかフランドルの画家たちの影響を思わせる。ところが、いま、目のまえにある、『コルティジャーネ』は、大体が中間色で統一されていて、女たちの表現には、ほとんどリアリスティックといいたいものが読みとれた。

美術館のカタログには、もうひとつの、その日の私にとっては意外な事実が記されていた。コルティジャーネと信じられ、そう呼ばれてきたこの絵の主人公は、じつはヴェネツィアの旧家の、ごくふつうの婦人たちだというのだ。

ふたりが憩《いこ》っている露台は、ヴェネツィアでアルターナと呼ばれる、むかしよく東京の町屋などで見かけた物干し台のように屋上にしつらえられた空間で、いまもところどころに残っているのが、船で運河を通っているとあちこちに見える。夏の夜、星空の下で、家族がそこにあつまって、かぎりないおしゃべりの時間を過ごしたものだと、アドリアーナから聞いたことがある。現在も使われることがあるらしいのは、黒く塗った鉄枠のペンキが陽ざしにかがやいていたり、夏にはブドウだろうか、緑の蔓《つる》がからんでいたりすることからも推察できる。名家のものらしい絵のなかのアルターナは、なるほどそういわれて見るといかにも贅沢《ぜいたく》そうな造りで、床の大理石にもモザイク模様がはいっている。

ふたりのうち手前のほうの女性は、なにも急ぐことはない、といった表情で、飼犬とたわむれている。一匹はチワワふうの、まるい大きな目がとびでた小型犬で、きちんとそろえた前脚をにぎってもらって、あまえた表情でこっちを見ている。左側が切りとられているというこの画の左端には、もう一匹、グレイハウンド系の猟犬と思われる犬の、頭と前脚だけが見えている。牙《きば》をむきだした、一見、獰猛《どうもう》そうな、だがよく見ると、どこか女主人に遠慮した貌《かお》つきで、差し出されたムチに嚙《か》みついている。女性も女性だが、カルパッチョもずいぶん犬好きだったに相違ない。視線はさだまらないのに、からだは犬のほうを向いていて、前ごごみになっているから、まるくもりあがった乳房が、大きくあいた胸もとから景気よく見えている。奥のほうの女性は、もっとひまそうだ。ハンカチだろう、白い、房のついた布を握った左手を欄干にもたせ、うつろに見える視線はその欄干にとまった白いカモメに注がれているようでもあり、その先の陶器のつぼを見ているようでもある。が、たとえ見ているにしても、なにかを考えている。ぼんやりと、考えを追っているような表情で、ベージュのながい裾《すそ》の下に、この人物の背丈にしては巨大と思われるサイズの、ビロウドらしい布でつくった、靴だろうか、上履きといった感じのものを履いている。彼女の胸はほどほどに見える程度だが、それにしても、こんな靴を履く季節に、この衿《えり》ぐりでは寒くないのだろうか。足もとがいつもすーすーする、そんな体質の女性だったのか。ふたりとも、髪はプラチナ・ブロンドでちりちりの縮れ毛に描かれている。

彼女たちの乾いた、虚《うつ》ろとしかいいようのない表情をみていると、ロマン派の批評家でなくても、これはコルティジャーネにちがいないと思いたくなるのは無理ないのではないか。視線のさだまらない、大きく見ひらかれた目も、あらわにはだけた胸もと、手前の赤い衣裳《いしよう》の女のものだろう、画面の左上にだらしなく脱ぎ捨てられた、舞妓《まいこ》のこっぽりを思わせる形と高さのヒールがついた、赤い塗りの重そうな靴、そして、画面ぜんたいが発散している、凄絶《せいぜつ》なほどの頽廃《たいはい》というか、しどけなさ。これらをまえにしては、私だって娼婦を描いたものとかたく信じてしまったにちがいない。それとも、乾いた目をしていたのは、男たちにもてはやされた娼婦ではなくて、むしろ、ひとりでは街を歩くこともできなかった良家の女たちだったのか。

しかし、この絵をコルティジャーネの肖像とする説は、いまや古い過去のものだと説明書にはあった。大理石の欄干におかれた、たぶんファエンツァ焼きだろう、白黒の網目模様がついた花壺の家紋から、この絵は、トレッラ家というヴェネツィアの由緒《ゆいしょ》ある家柄の婦人たちであるということがわかったのだそうである。彼女らが小さな帽子をかぶっているのも、コルティジャーネでない証拠かも知れない。中世以来、帽子をかぶることをゆるされていたのは、「ちゃんとした女」だけだったはずだから。

だが、こんな反論も考えられはしないか。そもそも十六世紀のヴェネツィアでは、娼婦が街にあふれて、教会にまで着飾って現れるので、「住民はまともな女性と悪い女性を区別できない」ことさえあったというのを、どこかで読んだことがある。[*4]花瓶の家紋にしても、トレッラ家の男が、彼女たちを館《やかた》のひとつに住まわせていたと考えることはできないのか。現に、ヴェネツィア最初の公娼《こうしょう》館は、貴族の持家があてられたという史実がある。

カルパッチョの《娼婦》が過去の批評家の思い違いだったということで、出鼻をくじかれた私は、気ばらしにすこし街を歩いて見ることにした。夏のように観光客がいないヴェネツィアの道から道をたどるのは、それ自体、ひとつの快い旅だ。美術館を出て、サン・マルコ広場にいったん出たあと、モーロの時計の下をくぐって、メルチェリエの小路を抜ける。そこからはかなりあてずっぽうに、いくつかの角を曲り、いくつかの小さな橋を渡ると、すぐそこがリアルト橋だった。寒い朝なのに、この辺りはもう、買物にいそぐ人たちで、道が混んでいる。中世のころからこの街の商業の中心地だったリアルト地区には、各国の商館が立ちならび、さまざまな国の言葉が飛び交ったという。風紀が乱れるのを恐れた政府が、最初の娼館をひらかせたのも、リアルトの界隈《かいわい》だった。さらに十六世紀、この島を風靡《ふうび》した男娼と家庭婦人の売春の流行を憂《うれ》えた政府が、公認の娼婦を奨励したので、ある道筋では、女たちがあらわにした乳房をバルコニーの手すりにでんとのせて、通りかかる男を誘ったという故実までつたわっている。リアルトの向こう岸にある、《テッテ［オッパイ］橋》という奇抜な名がついた小さな橋は、その通りの名残という。

リアルトまで出てはみたものの、せっかくここまで来たのだからと、橋を渡るのはやめて、あまり足を向けることのない島の北側をまわって帰ることにした。ホテルを出るときは晴れていた空が、いつのまにか曇って、ときおり霧のような雨が舗道を濡《ぬ》らしはじめた。手も足も凍りそうにつめたい。これがヴェネツィアの冬だ。でも、北端の船着き場があるフォンダメンタ・ヌオーヴェまで行けば、そこからホテルに近いザッテレを通る蒸気船に乗れる。

三十分も歩いただろうか。冷たい風が吹きつける河岸に出ると、雨もよいの灰色の空の下に灰色の海がひろがっていた。このあたりは、ヌオーヴェ、と新しい河岸を意味する名で呼ばれてはいても、それは護岸工事が完成した十六世紀というから、なにも《ぴかぴか》なわけではない。サン・マルコや大運河を中心にひろがる観光区域からもはなれているためか、うらさびれた空気が、海岸沿いの道路にも、家々のたたずまいにも、たちこめている。ヴェネツィア島の北側にあたるから、本土からもいちばん隔たった区域でもあり、そのこともこの淋《さみ》しさの原因にはちがいない。だが、なによりも、この船着き場の周辺にただよう、人の世にとり残されたようなこのうらぶれた雰囲気は、波止場の真向いに見える小さな島からやってくる。その小さな島、サン・ミケーレは、ヴェネツィアの墓地の島なのである。

海岸通りの店の多くは、墓地のための石屋や葬儀店らしく、冷えびえした店先をのぞくと、墓石や墓碑のサンプルやマホガニー色の柩《ひつぎ》などが床に並んでいる。どぎつい色のプラスティックの花と、なんの変哲もないカーネーションやキクや白ユリなど、いかにも墓地向きといった花を置いている店もある。それにしても、街中で見かけた葬儀店にくらべて、どれもひどくうらぶれた感じがするのは、おそらく、古くからのヴェネツィア市民はそれぞれの教会に出入りしている店に葬儀をたのむためではないか。サン・ミケーレの島がヴェネツィアの墓地に指定されたのは、十九世紀のはじめにすぎない。

船の発着場のまえに並んだそんな店のひとつに、あきらかにフリウリ地方の名をかかげた葬儀店があるのに気づいた。フリウリというのは、ヴェネツィアの北東にあたるオーストリアとスロヴェニアにはさまれた山ばかりの貧しい地方で、石ころばかりの瘦《や》せた土地を棄てて、南北のアメリカやオーストラリアに移民する人が多い。とくに七〇年代だかにこの地方をほぼ壊滅にみちびいた大地震のあと、故郷をあとにする人が増えたという。この店の主人も、もうすこし人間らしい暮しをもとめて、ヴェネツィアにやってきたのだろうか。さっと海の表面を走るように降っては熄《や》む、しぐれのような雨をよけながら、ずっとむかし夫と行ったことのあるフリウリの貧しい山々を思った。

六

アドリアーナとザッテレを歩いたあの日から、私は、仕事に疲れたときやひとりでものを考えたいとき、そして授業の準備をするときにも、この河岸の船の発着場に面した庶民的なカフェテラスで時間をすごすことを覚えた。船を待つ人たちや、水夫らが利用することが多いのか、のんびりとしたジュデッカ運河の風景と、このカフェの荒っぽい、それでいて日常の記号にみちた雰囲気が、芝居じみたヴェネツィアにふりまわされ、仕事に倦《う》んだ自分をやわらかくいやしてくれる。

春に来たときとは違って、カフェテラスの赤と緑のビニール椅子《いす》はきれいに片づけられ、水面とは反対側の壁ぎわに積み重ねてあった。風や水しぶきが入らないように二重になったドアを押して店にはいると、むっとするほど暖房がきいている。入口近くのカウンターに寄りそって、水上バスの乗務員だろうか、何人かの男が群れて、冗談をいいあっては、かすれたような大声で笑っていた。

ザッテレの河岸に私がやって来る理由はもうひとつあった。ひろびろとした運河の対岸に、パッラーディオの設計になるレデントーレ教会がほぼ正面に眺められるからだ。この建造物を通して、私は、この十六世紀を代表する建築家を理解し、愛することを覚えたように思う。そして、まるでそのことをたしかめるみたいに、私は、夜、船着き場の雑踏がしずまるのを待ってこの河岸になんどか来たことがある。深いブルーの空の下、照明をうけて燦然《さんぜん》とかがやくレデントーレを見て、ほっとして宿にもどる。

この教会が再度ヴェネツィアを襲ったペストの終焉《しゅうえん》を願って、《レデントーレ＝人類の罪をあがなうキリスト》に捧《ささ》げられ、建立《こんりゅう》されたのは十六世紀の後半である。

運河の水面を広場に見立て、静かに流れる水面をへだてて見るときだけ、この建築の真の量感がつたわるという非凡なアイデアを編み出したパッラーディオは、竣工《しゅんこう》後わずか四年で、内陸の都市ヴィチェンツァで生涯を終えている。

ペスト、という言葉から、私はふたたびあの Incurabili というリオの名を思い出していた。あの病院に収容されたのは、もしかしたら、ペストの患者ではなかったのか。ボッカッチョやダニエル・デフォーのすばらしい文章、あるいは中世の宗教書で、この疫病《えきびょう》のおそろしさについては繰り返し読んでいる。だが、稲妻のように命を奪ったというあのペストの患者を、病院に隔離する余裕などはたしてあったのか。ペスト患者でなければ、ハンセン病だろうか。確率はそのほうが高いかもしれなかった。

空いた席を見つけて、私は、イタリア観光協会版の、赤い表紙のヴェネツィア案内をバッグから取り出した。なにか書いてあるかもしれない。

ほんとうをいうと、私は旅行案内というものをあまり読まない。情報がさきにあたまにはいって、知識の目で実物を見てしまうのが恐ろしいからでもあるが、私がヨーロッパにはじめてやって来たころ、お金がなくて、とても案内書まで買う余裕がなかった、そのくせがいまに尾をひいているのかもしれない。いや、なによりも、イタリアにいるかぎり、いつもだれかその土地をよく知っている人が案内してくれるので、つい怠けぐせがついてしまったというのが、ほんとうの理由だろう。だが、今度はかなりせっぱつまっている。限られた日数のなかで、なにかを見つけなければならない。

追いつめられた気持でページを繰っていると、ザッテレという文字が目につき、そのすこし先に、小さなイタリックの文字があった。*ospedale degli incurabili.* オスペダーレ デリ インクラビリ。なおる見込みのない人たちの病院。

地図をひろげてみると、あの日、細いリオの岸で出会った無残な名の病院があったのは、やはりあのバラの蔓《つる》が繁《しげ》った煉瓦塀《れんが》のなかに違いなかった。案内書によると、病院は一五二七年と九一年のあいだにヴェネツィア共和国の政府によって建てられたという。現在は空き家だが、十九世紀には非行少女の施設になっていた。そのためか、司法省の管轄《かんかつ》下にあるとまで、その本は説明していた。さらに建築の様式についての解説を読み進むうちに、私は一瞬、太い棒で背中をどやされたような気がした。私が探しもとめていたこの病院の設立理由は、なんと、梅毒にかかった娼婦《しょうふ》たちを収容するためだったのである。なおる見込みのない病気というのは、ペストでもハンセン病でもない、梅毒だった。
　数年まえアドリアーナと見たあの展覧会の最後の展示室を私は思い出していた。あのいいようのないおぞましさには、やはり残酷な意味が隠されていた。自由も肉体も、どうにか自分のものといえるすべてを奪いとられたすえに病気を移された娼婦たちは、生涯を終えるためにここに送られて来たのだった。それにしても、なぜあのとき、そうと気づかなかったのか。

　ヴェネツィアでは他にも確かめておきたいことや、調べたいことがあった。寒い日がつづいて気分がすぐれなかったり、せっかく訪ねていった書店が閉まっていたりで、思うように仕事が捗《はかど》らないまま、翌々日の早朝には出発という日がはやばやと来てしまった。何軒かの書店で、あの展覧会のカタログを置いてないかと訊《たず》ね歩いたが、どこでも、もう三年もまえのことですから、といわれた。こんどは負担をかけまいと思っていたのだけれど、またアドリアーナの助けが必要なようだった。あの三年まえに見た展覧会の資料が欲しいのだけど、どこかで売ってないかしら。

彼女にもらった電話番号の主が、つぎの電話番号を教えてくれ、そのまたつぎの、という具合にいくつかの電話番号をたどっていくと、何番目かで、ようやく街の中心にある美術書の専門店に行ってみるようにすすめてくれた。電灯がつきはじめた細い道をいくつも曲って大運河のむこうのその書店に行くと、たちまち見おぼえのあるカタログを高い棚から取り出してくれた。その夜、私はホテルのせまいベッドで、三年まえにはよもや自分がいつか深入りすることになるとは考えてもみなかった、ずっしりと重いカタログを胸のうえにひろげて読みふけった。

フランス病と呼ばれた十六世紀以来の梅毒の治療法に関するラテン語の論文が、何ページかにわたって引用されていた。そして最後の何ページかに、私たちが急ぎ足に通り過ぎたあの気味のわるい部屋にあった《なおる見込みのない人たちのための病院》の設計図や設立の意図や寄付に関する手紙などが載っていた。

カタログによると、やはり病院の建物は現在、使用されていないとあったが、内部を見物できるとも、そのためには許可が必要であるとも書かれてなかった。そして、非行少女の家になっている施設が、なんと《二十世紀の ospedale degli incurabili》という名称のもとに、ヴェネツィアのどこかに作られているらしいとわかった。むかしはザッテレのこの病院にも、改悛《かいしゅん》した娼婦たちのための、授産施設と修道院の中間のようなものが併設されていたことがあって、少女たちの施設の命名にはそんな由来があるらしかったが、それにしても、ヴェネツィアの人たちがこの名にそれほど慣れっこになっている証拠にはちがいなく、よそ者の私にとっては、やはり不愉快としかいえない驚きだった。

いったい、どんな建物なのだろう。設計図もいくつかあり、一八〇七年に病院が廃止されたあと、さまざまな用途に用いられたと説明はされていても、私としてはせめて建物の内部を見ておきたかった。ヴェネツィア滞在の最後の時間を私はその探索にあてることにした。

数日来のきびしい寒さがやわらいで、薄日がさしていた。はじめてザッテレの岸に出たときのように、宿を出た私はドルソドゥーロをよこぎるかたちでジュデッカ運河を見渡す河岸に出た。老人のしわのような細かい波が水面をいちめんに被《おお》っていて、なぜかしぶきの白さに、自分は遠い外国にいると思った。

あのときとおなじように、小さな反り橋のところまで河岸をたどる。煉瓦塀のわきには、三年まえ、私の足を止めたあの標識があった。Rio degli incurabili. なおることのない病人のリオ。

煉瓦塀のむこうは庭園らしく、ずっと奥のほうに建物らしいものが見えるのだが、樹木にさえぎられてはっきりとわからない。橋の上から伸び上がって、窺《うかが》っている私を通行人がいぶかしげに見ていく。仕方がないから、橋をわたってみる。塀はずっとつづいているが、それが終ったところには、河岸に交わる道も水路もなくて、まったく別の区画のようだった。もういちど、橋にもどる。

こんどは小運河のむこうを遠くまですかし見る。両岸はぎりぎりまで家の壁や庭をとりかこんだ塀になっていて、歩道らしいものもないから、舟を使わないことにはこの塀に近寄るすべがなさそうだ。文字どおり、とりつく島がないのである。ジュデッカの側に入口を見つけることはこれであきらめて、こんどはドルソドゥーロの内側から近づいてみることにする。

かぎりなく錯綜《さくそう》するヴェネツィアの運河は、よそから来た人間にとっては、あたまの痛くなるような地図をつくりあげている。これまでここに来たのは、最初の二、三回をのけては大学の仕事のことが多かったから、歩くのは学校とホテルの往復だけで、その他の時間は、だれかがいっしょだったから気にならなかったのだが、今回、ひとりで歩きまわって、一日の大半は迷っているというのが実感だった。宿からサン・マルコに行くのでさえ、そのたびにすこしずつ、通る道が違うような気がする。想像もしなかった場所で高い塀につきあたったり、道と思い込んで歩いていくと、ふいに目のまえが運河だったりする。

一辺がたった一〇〇メートルほどの、もとは病院だった建物を中に抱いた区画の周囲を、私はたんねんに歩きまわった。これこそは、と思って、細い路地をたどっていくと、小舟のつながれた緑の水面にいきなり道を阻《はば》まれる。まるで、病院の建物が私に見られるのをいやがって、魔法の殻に閉じこもっているのではないかと疑いたくなる。

この道がだめだったら、あきらめよう。そう決めて細いリオを渡ったところで、とうとう、《インクラビリのうしろの小路》という長い名の道を見つけた。高い石塀がほぼ一〇〇メートルほどの長さに続いていて、その先に、入口のようなものが見える。ああやっと、とそこまで歩いて行くと、アメリカ人らしい苗字《みようじ》の表札がいくつかタテに並べて塀に打ちつけてあって、扉はかたく閉まっていた。ベルらしいものもない。それにしても、どうしてまたアメリカ人でなければならないのか。病院の入口はいったいどこにあるのか。いや、この塀のなかは、ほんとうに病院なのか。

さんざん歩いた末に、入口をみつけるのはあきらめることにして、私はもういちどザッテレの河岸に出た。ブロツキーが、フォンダメンタ・デリ・インクラビリとあの本に書いている地点まで行って河岸に立つと、対岸のレデントーレ教会がほぼ真正面に望めた。私がヴェネツィアでもっとも愛している風景をまえにして、淡い、小さな泡のような安堵《あんど》が、寒さにかじかんだ手足と朝からの不安で硬くなった気持をいっぺんにほぐしてくれた。

思いがけなく、ひとつの考えに私はかぎりなく慰められていた。治癒の望みがないと、世の人には見放された病人たち、今朝の私には入口の在りかさえ見せてくれなかったこの建物のなかで、果てしない暗さの日々を送っていた娼婦たちも、朝夕、こうして対岸のレデントーレを眺め、その鐘楼から流れる鐘の音に耳を澄ませたのではなかったか。人類の罪劫《ざいごう》を贖《あがな》うもの、と呼ばれる対岸の教会が具現するキリスト自身を、彼女たちはやがて訪れる救いの確信として、夢物語ではなく、たしかな現実として、拝み見たのではなかったか。彼女たちの神になぐさめられて、私は立っていた。

註

1 柴野均訳、白水社、一九九〇年

2 『中央公論文芸特集』一九九一年春季号所載、「ヨシフ・ブロツキー、ノーベル賞受賞講演一九八七」沼野充義訳

3 森田義之他訳、平凡社、一九九三年

4 ジャック・ロシオ『中世娼婦の社会史』阿部謹也他訳、筑摩書房、一九九二年

記　「地図のない道」（その一〜その三）は、著者が加筆・訂正中だった雑誌掲載の稿を著作権継承者の了解を得て、編集部の責任で整理したものです。

初出　地図のない道……………「新潮」（一九九四年五月号〜七月号）
ザッテレの河岸で…………『ヴェネツィア案内』（とんぼの本　一九九四年五月、新潮社刊に所収）

運河の岸のうしろ姿

矢島　翠

外国体験について書くには、いくつかの時機があると思う。

最初は「行きました、見ました、書きました」の紀行文の時機。いまではヴィザのいらない、三ヵ月間の旅行者の資格で行って、帰ってきて、まださめやらぬ昂奮《こうふん》のなかで書きつづる。大小の誤解や、見当はずれの美化や、早とちりは逃れられないだろう。でも、そんな危なっかしさのある第一印象というものを、私は無下《むげ》に否定したくはない。第一印象は、人生に一回だけ。外国体験をかさねたあとでは決して戻ってこないときめきのなかで、素直な旅びとの指先が、その土地の原鉱ともいうべきものに触れあたっている場合がある。

むかし私が通信社で働いていたとき、マンハッタンの支局に、パーク・アヴェニューやレキシントン、マディソン等々、〈摩天楼〉の立ち並ぶいくつもの大通りを渡ってたずねてきた日本人の知人が、ほっとひと息ついてから、こんな感想を口にした。

「よくこんなとこで暮してるなァ。まるで、墓場のなかを歩いてるみたいだ」
マンハッタンの街並みを墓石の林立と見たその人のことばに、当時ニューヨークびいきになっていた私はむっとしたのだったが——。あれは9・11事件の三十年前のことだった。

旅行者の肩書きが消えて滞在がはじまると、以前は夢にも思わなかった日常の繰返しの倦怠《けんたい》が、あるとき不意に、くすんだ古なじみの顔を顕《あらわ》す。着いてから二、三カ月目だろうか。異国のまちの上の空に、「明日もまたかくてありなん」のけだるい憂鬱《ゆううつ》が、地球を同質の帯で巻くかのように伸びてくる。哀《かな》しみと、ひと刷毛《はけ》のやすらぎ。その瞬間、やはり日本人というもので、地球上のどこにいても、見えない横丁を行く、いるはずのないお豆腐屋さんのラッパの音が、耳に流れてくるのだった。

定住者感覚を持つにいたったこの時機には、自前の比較文化論を書きたくなる人が少くないだろう。第一印象の段階を卒業して、異国の土地と人びとの現実がありありと見えてきた、と思いたくなる。日本との比較において、評価と批判が出てくる。自分の体験の範囲内で判断したことを、普遍化したくなる。

しかしそのあと、人びとの生活と考えの多様性が見えてくると、そんな威勢のいい普遍化はむずかしくなる。これまでにかなりの時間と努力をついやして学んだ言語にしても、自分にはその言語が——従ってその土地の文化が——根をおろしている地層の深さまではとうていたどりつけないだろうと、気落ちしはじめる。沈黙に徹するか、それともあえて口をひらこうとするなら、そのあとにどんな道が残されているか。

須賀敦子は、おそらくそれらの段階をすべて通過しながら、日本語による表現者としての生命を保ち続けた。二十代半ばでヨーロッパに留学し、通算すれば十五年間日本を離れた彼女は、そのうちの十三年をイタリアで過した。自分の進む道に迷いはじめた折、カトリック内部で革新を求める人びとが経営していたミラノのコルシア書店のことを知る。彼らのグループに加わってから、須賀の内部で芽ばえをまさぐっていたものが、かたちをとりはじめた。やがてコルシアの仲間だったジュゼッペ・リッカとむすばれた彼女は、ミラノの定住者として、しっかりと根をおろしていた。

夫の早過ぎた死によって結婚生活が五年でうち切られなかったら、須賀は日本へは戻らなかっただろうか。ひき裂かれた心、孤独、経済的な不安。人生の道なかばで向かい合わなければならなかった不幸は、しかし、彼女が日本語の世界にもどる契機となり、それから二十年の歳月を経たのち、堰《せき》を切ったようにあの独自の文章が書かれはじめる。

十分な——もしくは十分すぎるほどの生活体験を積んだあとで表現に向かったとい

う点では、須賀を幸田文の傍に置いてみたくなる。父あるいは夫という、生活と表現の上でのうしろ楯《だて》を失ってから、自分自身の内部にすでにきずきあげられていた文体によって語る道に踏み出したひとたちだった。

ただし、露伴の娘が四十代はじめにひとり立ちしたのに対して、須賀の場合は、六十代にはいるまで待った。さらに彼女の特徴は、日本語の小説をイタリア語へ、イタリア語の作品を日本語へという双方向の翻訳の仕事をつうじて、自分のことばをきたえたことにあった。二つの言語、二つの文化圏のあいだの往復をかさねた彼女にとって、一方から他方に移行する際の心理的な〈段差〉は、もはや気にならぬほど小さくなっていたに違いない。

須賀の作品は、そうした段差を強調するたぐいの紀行文や、にわか仕立ての比較文化論とはまったく無縁のみずみずしさで立ち現れて、読者を驚かせた。それはたしかに、日本語でつづられた外国体験記として、私たちがかつて出会ったことのないものだった。

＊

そしておそらくこれから先も、出会うことは稀《まれ》だろう。

る。この本に収められた二篇は、須賀の仕事のなかの二つの傾向を代表しているといえる。

一九九四年に雑誌に連載された「地図のない道」は、彼女の第一作『ミラノ 霧の風景』以来の、過去と現在、日本とイタリア、文学作品と現実のさかいを自由に越境しながらつづられたエッセイの連作――という形式をとっている。いわば自家薬籠《やくろう》中のものとなった枠組みのなかでの表現の魅力が大きければ大きいほど、予定されていた加筆と手直しが彼女の死によって果たされずに終ったことがくやまれる。

同じ年に『ヴェネツィア案内』(とんぼの本)に寄稿された「ザッテレの河岸で」は、晩秋のヴェネツィアを取材旅行で訪れたときの、より客観的なルポルタージュ。限られた時間のなかで歩き、調べてわかったことが、その過程とともに記述されている。

ヴェネツィアという特異なまちは、須賀の私的な回想をよび起こす力を持っているようだ。「実際に行ってみると「島」は見えなくて、すみずみまで「町」のふりをしている、その虚構性」。自分もヴェネツィアの舞台の登場人物のひとりとなって虚構性に加担してしまえば、肉親にまつわる小暗い記憶を語る科白《せりふ》が与えられるのかもしれない。

須賀の第三作『ヴェネツィアの宿』では、ホテルの部屋での夢うつつのひとときに、戦前の〈洋行〉組だった父をはじめ、家族、親族の思い出がほぐれ出す。私小説の世界と紙ひとえ、といっていい題材が、須賀の獲得した静穏な眺望のなかに収められ、〈父〉のライトモティーフをめぐるみごとな構築となっていたことが、忘れられない。「地図のない道」では須賀は、〈父〉に代るライトモティーフとして、イタリアのユダヤ人を予定していたかにみえる。第一章を読み出したときには、ことにその印象が強い。

モラヴィアが前書きを、ナタリア・ギンズブルグがあと書きを寄せているデベネデッティの『一九四三年、十月十六日』。いわばイタリア文芸界のユダヤ人たちの合作のような小さな本の話にはじまって、ローマとヴェネツィアにあるゲットの探訪や、コルシア書店にいたユダヤ系の友人、マッテオへと、回想の水脈がたどられて行く。気が小さいようで時に激しくなるマッテオと、その周辺の人びととの描写は、わけても生彩に富んでいる。ユダヤの血をひきながら信仰の上ではキリスト教徒だったマッテオとその妻、ルチッラについて、須賀はこう書く。

「(ふたりの)キリスト教には、知性に根ざした深さと悲しみのようなものが底に澱《よど》んでいて、その分だけ、彼らの中のユダヤ性が屈折していた」

とはいえ第二章では、自分をはじめて、それも一日だけ、ヴェネツィアに連れて行ってくれた看護婦のルチアについて、彼女もゲットの出ではないかと空想し出したとき、須賀は自制する。かぎりなく小説に近いエッセイをあれほど数多く書きながら、本格的な小説にはついに乗り出さずに終ったひとの禁欲性を、そこに見るべきだろうか。

須賀にゆるされた時間は終り、ユダヤ人のライトモティーフは立ち消える。その代償のように、近松の〈橋づくし〉のこだまとともに語られる大阪の祖母の記憶は、小運河《リオ》の水中に突然ひらいた、日本生まれの水中花を思わせる。木を組んだ橋と、石を積みあげた橋。形象にこだわっているかぎり決定的に思える違いをふわりと越えて、須賀は東西の水のまちをむすびつける。

ここでもまた、彼女にとって落差はなかった。

ユダヤ人への関心は、「ザッテレの河岸で」における病者や娼婦《しょうふ》たちへの関心とかさなり合う。ヴェネツィアの華麗な表構えのうしろで、差別や遺棄や嘲弄《ちょうろう》に甘んじながら生きていた男女へと、須賀の目は向けられる。ザッテレの散策の足をほんの少し延ばせば、かつての名家や豪商の館がルネッサンスやゴシックのファサードをつらねて立ち並ぶ大運河《カナル・グランデ》のにぎわいが現れ、さらに右手にはサン・マルコ広場の景観がひろがるのに、彼女はその方角には、かたくなに、といってもいいほど背を向けたままだ。

ザッテレの界隈《かいわい》は、もう二十年近いむかしのことになるが、私にとって身近な場所だった。須賀の本にも何度となく、水のまちのチチェローネとしてその名が出てくるアドリアーナ——もっといかめしくいうならヴェネツィア大学の日本語・日本文学研究所を代表する、ボスカロ教授に招かれて、わが伴侶《はんりよ》が一年近く教壇《きようだん》に立ったおかげで、ほかならぬその区域に暮していたからだ。

〈治る見込みのない人たち〉が収容されていたという煉瓦《れんが》塀の内部は、そのころも、いつも謎《なぞ》めいてひっそりしていた。本そのものが冬の霧につつまれているようなブロツキーのエッセイや、カルパッチョの描いた『二人のヴェネツィア女』、通称『コルティジャーネ』には、須賀と同様、私も惹《ひ》きつけられた。

でも彼女がザッテレから対岸のジュデッカ島にあるレデントーレ寺院をのぞんで「私がヴェネツィアでもっとも愛している風景」といい切るとき、私は驚いてしまう。きゃしゃな造りのゴンドラが通うには不似合いな河幅の広さと深さを持つジュデッカ運河。あまりに幾何学的なレデントーレのファサード以外には歴史のいろどりを持たない、ほとんど殺風景な島の眺め。風が立てば波が騒ぎ、潟の向こうにひろがる海の近さを思い出させる場所だった。

いまジュデッカの満々たる水量を思い出しながら、須賀は強いひとだった、とあらためて感ぜずにはいられない。

『二人のヴェネツィア女』の、まっすぐに前方に向けられた目がよみがえってくる。須賀が指摘している通り、カルパッチョの作品のなかでは異質な絵である。どんな人物を描いてもお伽噺《とぎばなし》めいたたのしさをただよわせてしまうヴェネツィア・ルネッサンスの画家は、ヴェランダに犬や鳥たちとともにいるこの二人の女を前にしたときだけは、現世における成熟というものの描出にとらわれていたかにみえる。ゆたかな胸もとが気になるほど衿《えり》ぐりの大きい衣裳《いしよう》をつけた女たちの、熱く、重たい存在感。彼女たちは〈高級娼婦〉ではなく、良家の女性であることはすでに確認されているが、それにしてもそのまなざしは、不敵、という形容を使いたくなるほど、異様に強い。

この絵について私の記憶の底に残ったものは、須賀を驚かせ、当初は私もまた同じように感じたはずの「画面ぜんたいが発散している、凄絶《せいぜつ》なほどの頽廃《たいはい》というか、しどけなさ」ではない。いかなる事情によってか女たちが持ち得た視線の強さ。恐れず、ためらわず、ゆれ動かず、あらゆる対象を直視するかに思える彼女たちの目である。

私の胸のなかで須賀はザッテレに立って向こう岸をみつめている。アドリアーナの大がらなシルエットがそこに近づく。自力で人生を生き、きびしい現実と向かい合い、日々のはてしない雑事ともわたり合いつつ、自分自身の仕事を果たしてきた女たち。私はふたりが笑い声さえまじえて交わしているらしい会話に入って行けない。彼女たちのうしろ姿を、だまって見守っている。時間の消えた運河の岸辺で、遠くから。

（平成十四年六月、翻訳家・エッセイスト）

この作品は平成十一年十月新潮社より刊行された。

須賀敦子著
トリエステの坂道
夜の空港、雨あがりの教会、ギリシア映画の男たち……、追憶の一かけらが、ミラノで共に生きた家族の賑やかな記憶を燃え立たせる。

D・デフォー
鈴木恵訳
ロビンソン・クルーソー
無人島に28年。孤独でも失敗しても、決してめげない男ロビンソン。世界中の読者に勇気を与えてきた冒険文学の金字塔。待望の新訳。

サリンジャー
野崎孝訳
ナイン・ストーリーズ
はかない理想と暴虐な現実との間にはさまれて、抜き差しならなくなった人々の姿を描き、鋭い感覚と豊かなイメージで造る九つの物語。

サリンジャー
村上春樹訳
フラニーとズーイ
どこまでも優しい魂を持った魅力的な小説……『キャッチャー・イン・ザ・ライ』に続くサリンジャーの傑作を、村上春樹が新訳！

L・キャロル
矢川澄子訳
金子國義絵
不思議の国のアリス
チョッキを着たウサギ、チェシャネコ、ハートの女王などが登場する永遠のファンタジーをカラー挿画でお届けするオリジナル版。

L・キャロル
矢川澄子訳
金子國義絵
鏡の国のアリス
鏡のなかをくぐりぬけ、アリスはまたまた奇妙な冒険の世界へ飛び込んだ――。夢とユーモアあふれる物語を、オリジナル挿画で贈る。

池澤夏樹著

マシアス・ギリの失脚

谷崎潤一郎賞受賞

のどかな南洋の島国の独裁者を、島人たちの噂でも巫女の霊力でもない不思議な力が包み込む。物語に浸る楽しみに満ちた傑作長編。

塩野七生著

イタリアからの手紙

ここ、イタリアの風光は飽くまで美しく、その歴史はとりわけ奥深く、人間は複雑微妙だ。——人生の豊かな味わいに誘う24のエセー。

池澤夏樹著

ハワイイ紀行【完全版】

JTB紀行文学大賞受賞

南国の楽園として知られる島々の素顔を、綿密な取材を通し綴る。ハワイイを本当に知りたい人、必読の書。文庫化に際し2章を追加。

池澤夏樹著

きみのためのバラ

未知への憧れと絆を信じる人だけに訪れる、一瞬の奇跡の輝き。沖縄、バリ、ヘルシンキ。深々とした余韻に心を放つ8つの場所の物語。

泉鏡花著

歌行燈・高野聖

淫心を抱いて近づく男を畜生に変えてしまう美女に出会った、高野の旅僧の幻想的な物語「高野聖」等、独特な旋律が奏でる鏡花の世界。

泉鏡花著

婦系図

『湯島の白梅』で有名なお蔦と早瀬主税の悲恋物語と、それに端を発する主税の復讐譚を軸に、細やかに描かれる女性たちの深き情け。

岡本太郎著
青春ピカソ

20世紀の巨匠ピカソに、日本を代表する天才岡本太郎が挑む！　その創作の本質について熱い愛を込めてピカソに迫る、戦う芸術論。

岡本太郎著
美の呪力

私は幼い時から、「赤」が好きだった。血を思わせる激しい赤が——。恐るべきパワーに溢れた美の聖典が、いま甦った！

江藤　淳著
決定版夏目漱石

処女作「夏目漱石」以来二十余年。著者の漱石論考のすべてを収めた本書は、その豊かな洞察力によって最良の漱石文学案内となろう。

小野不由美著
月の影　影の海（上・下）
—十二国記—

平凡な女子高生の日々は、見知らぬ異界へと連れ去られ一変した。苦難の旅を経て「生」への信念が迸る、シリーズ本編の幕開け。

小川洋子著
薬指の標本

標本室で働くわたしが、彼にプレゼントされた靴はあまりにもぴったりで……。恋愛の痛みと恍惚を透明感漂う文章で描く珠玉の二篇。

小川洋子著
まぶた

15歳のわたしが男の部屋で感じる奇妙な視線の持ち主は？　現実と悪夢の間を揺れ動く不思議なリアリティで、読者の心をつかむ8編。

森鷗外著
雁（がん）
望まれて高利貸しの妾になったおとなしい女お玉と大学生岡田のはかない出会いの中に、女の自我のめざめとその挫折を描き出す名作。

森鷗外著
阿部一族・舞姫
許されぬ殉死に端を発する阿部一族の悲劇を通して、権威への反抗と自己救済をテーマとした歴史小説の傑作「阿部一族」など10編。

森鷗外著
山椒大夫《さんしょうだゆう》・高瀬舟
人買いによって引き離された母と姉弟の受難を描いて、犠牲の意味を問う「山椒大夫」、安楽死の問題を見つめた「高瀬舟」等全12編。

夏目漱石著
倫敦塔《ロンドンとう》・幻影《まぼろし》の盾《たて》
謎に満ちた塔の歴史に取材し、妖しい幻想を繰りひろげる「倫敦塔」、英国留学中の紀行文「カーライル博物館」など、初期の7編を収録。

夏目漱石著
虞《ぐ》美《び》人《じん》草《そう》
我執と虚栄に心おごる美女が、ついに一切を失って破局に向う悽愴な姿を描き、偽りの生き方が生む人間の堕落と悲劇を追う問題作。

夏目漱石著
文鳥・夢十夜
文鳥の死に、著者の孤独な心象をにじませた名作「文鳥」、夢に現われた無意識の世界を綴り、暗く無気味な雰囲気の漂う、「夢十夜」等。

三島由紀夫著

音楽

愛する男との性交渉にオルガスムス＝音楽をきくことのできぬ美貌の女性の過去を探る精神分析医――人間心理の奥底を突く長編小説。

三島由紀夫著

春の雪
（豊饒の海・第一巻）

大正の貴族社会を舞台に、侯爵家の若き嫡子と美貌の伯爵家令嬢のついに結ばれることのない悲劇的な恋を、優雅絢爛たる筆に描く。

三島由紀夫著

奔馬
（豊饒の海・第二巻）

昭和の神風連を志した飯沼勲の蹶起計画は密告によって空しく潰える。彼が目指したものは幻に過ぎなかったのか？　英雄的行動小説。

三島由紀夫著

暁の寺
（豊饒の海・第三巻）

〈悲恋〉と〈自刃〉に立ち会った本多繁邦は、タイで日本人の生れ変りだと訴える幼い姫に出会う。壮麗な猥雑の世界に生の源泉を探る。

三島由紀夫著

天人五衰
（豊饒の海・第四巻）

老残の本多繁邦が出会った少年安永透。彼の脇腹には三つの黒子がはっきりと象嵌されていた。〈輪廻転生〉の本質を劇的に描いた遺作。

三島由紀夫著

近代能楽集

早くから謡曲に親しんできた著者が、古典文学の永遠の主題を、能楽の自由な空間と時間の中に〝近代能〟として作品化した名編８品。

谷崎潤一郎著
細雪（ささめゆき）
毎日出版文化賞受賞（上・中・下）

大阪・船場の旧家を舞台に、四人姉妹がそれぞれに織りなすドラマと、さまざまな人間模様を関西独特の風俗の中に香り高く描く名作。

谷崎潤一郎著
卍（まんじ）

関西の良家の夫人が告白する、異常な同性愛体験――関西の女性の艶やかな声音に魅かれて、著者が新境地をひらいた記念碑的作品。

谷崎潤一郎著
猫と庄造と二人のおんな

一匹の猫を溺愛する一人の男と、二人の若い女がくりひろげる痴態を通して、猫のために破滅していく人間の姿を諷刺をこめて描く。

川端康成著
掌の小説

優れた抒情性と鋭く研ぎすまされた感覚で、独自な作風を形成した著者が、四十余年にわたって書き続けた「掌の小説」122編を収録。

川端康成著
山の音
野間文芸賞受賞

得体の知れない山の音を、死の予告のように怖れる老人を通して、日本の家がもつ重苦しさや悲しさ、家に住む人間の心の襞を捉える。

川端康成著
眠れる美女
毎日出版文化賞受賞

前後不覚に眠る裸形の美女を横たえ、周囲に真紅のビロードをめぐらす一室は、老人たちの秘密の逸楽の館であった――表題作等3編。

白洲正子著

西　行

ねがはくは花の下にて春死なん……平安末期の動乱の世を生きた歌聖・西行。ゆかりの地を訪ねつつ、その謎に満ちた生涯の真実に迫る。

白洲正子著

白洲正子自伝

この人はいわば、魂の薩摩隼人。美を体現した名人たちとの真剣勝負に生き、ものの裸形だけを見すえた人。韋駄天お正、かく語りき。

白洲正子著

私の百人一首

「目利き」のガイドで味わう百人一首の歌の心。その味わいと歴史を知って、愛蔵の元禄時代のかるたを愛でつつ、風雅を楽しむ。

白洲正子著

ほんもの
―白洲次郎のことなど―

おしゃれ、お能、骨董への思い。そして、白洲次郎、小林秀雄、吉田健一ら猛者と過ごした日々。白洲正子史上もっとも危険な随筆集！

司馬遼太郎著

項羽と劉邦（上・中・下）

秦の始皇帝没後の動乱中国で覇を争う項羽と劉邦。天下を制する〝人望〟とは何かを、史上最高の典型によってきわめつくした歴史大作。

司馬遼太郎著

アメリカ素描

初めてこの地を旅した著者が、「文明」と「文化」を見分ける独自の透徹した視点から、人類史上稀有な人工国家の全体像に肉迫する。

新潮文庫の新刊

M・ブルガーコフ
石井信介訳

巨匠とマルガリータ

スターリン独裁下の社会を痛烈に笑い飛ばし、人間の善と悪を問いかける長編小説。哲学的かつ挑戦的なロシア文学の金字塔！

M・エンリケス
宮崎真紀訳

秘　儀（上・下）

〈闇〉の力を求める〈教団〉に追われる、異能をもつ父子。対決の時は近づいていた――。ラテンアメリカ文壇を席巻した、一大絵巻！

企画・デザイン
大貫卓也

マイブック
―２０２６年の記録―

これは日付と曜日が入っているだけの真っ白い本。著者は「あなた」。２０２６年の出来事を綴り、オリジナルの一冊を作りませんか？

月原　渉著

巫女は月夜に殺される

生贄か殺人か。閉じられた村に絶叫が響いた――。特別な秘儀、密室の惨劇。うり二つの〈巫女探偵〉姫菜子と環希が謎を解く！

焦田シューマイ著

外科医キアラは死亡フラグを許さない
―死人だらけのシナリオは、前世の知識で書きかえます―

医療技術が軽視された世界に転生してしまった天才外科医が令嬢姿で患者を救う！　大人気転生医療ファンタジー漫画完全ノベライズ。

柚木麻子著

らんたん

この灯は、妻や母ではなく、「私」として生きるための道しるべ。明治・大正・昭和の女子教育を築いた女性たちを描く大河小説！

新潮文庫の新刊

今野敏著
審議官
―隠蔽捜査9.5―
県警本部長、捜査一課長。大森署に残された署員たち。そして竜崎の妻、娘と息子。彼らだけが知る竜崎とは。絶品スピン・オフ短篇集。

白石一文著
ファウンテンブルーの魔人たち
大学生の恋人、連続不審死、白い幽霊、AIロボット……超高層マンションに隠された秘密とは？　超弩級エンターテイメント開幕！

櫛木理宇著
悲鳴
誘拐から11年後、生還した少女を迎えたのは心ない差別と「自分」の白骨死体だった。真実が人々の罪をあぶり出す衝撃のミステリ。

仁志耕一郎著
闇抜け
―密命船侍始末―
俺たちは捨て駒なのか――。下級藩士たちに下された〈抜け荷〉の密命。決死行の果て、男たちが選んだ道とは。傑作時代小説！

堀江敏幸著
定形外郵便
芸術に触れ、文学に出会い、わたしたちは旅をする――。日常にふいに現れる唐突な美。過去へ、未来へ、想いを馳せる名エッセイ集。

阿刀田高著
小説作法の奥義
物語が躍動する登場人物命名法、書き出しとタイトルのパターンとコツなど、文筆生活六十余年「小説界の鉄人」が全手の内を明かす。

地図《ちず》のない道《みち》

新潮文庫 す - 15 - 2

平成十四年八月一日発行
令和七年十月五日十刷

著者 須《す》賀《が》敦《あつ》子《こ》

発行者 佐藤隆信
発行所 株式会社新潮社
郵便番号 一六二―八七一一
東京都新宿区矢来町七一
電話 編集部(〇三)三二六六―五四四〇
読者係(〇三)三二六六―五一一一
https://www.shinchosha.co.jp

価格はカバーに表示してあります。

乱丁・落丁本は、ご面倒ですが小社読者係宛ご送付ください。送料小社負担にてお取替えいたします。

印刷・株式会社精興社　製本・加藤製本株式会社

ISBN978-4-10-139222-6 C0193